女子漢

楊隸亞

目錄

推薦序

輯一——不是蘋果

輯二——失戀家族

輯三——女子朋友

輯四——純真年代

輯五——濕情搖滾

後記

推薦序

天使降落的荒原

阮慶岳

我喜歡楊隸亞的這本書名《女子漢》，這讓人立刻想到譬如小學課本裡稱頌的花木蘭那樣的歷史人物。然而這絕非她的書寫本意，楊隸亞意圖形塑與描繪的，並不是那樣在傳統的父權道統下，如何能犧牲自己的性別角色（代父從軍），或屈辱自己的幸福可能路徑（貞節牌坊），來成全父權架構下某種樣版的單一道德想像。

楊隸亞敘述她眼下所見時代女性的角色與性別掙扎，這裡有著記憶般的梳理，那些如同黑洞般家族故事裡掏洗出來的人物，譬如有著強迫症潔癖的姑姑，讀過日治時期長榮女中的阿嬤，她們如何意圖自主也不能自主的悲涼命運人生。此外，同步並行書寫描繪的另個群塊，是楊隸亞穿梭人間此時此刻的觀看，更進而敘述出來一種世代新族群的樣貌，從既往的性別角色定義中昂然挺身出來：「女子漢，一個融合陰性與陽性意識的詞彙，如飛翔穿梭於性別疆界的跳傘員，因測量失誤，最終迫降於尚未開發的荒原。」

看似本當歡欣迎接的女性新角色，也就是彷彿暗示著擁有天使般征戰意志的女子漢，偏偏卻是「因測量失誤」，而降落在似乎猶然難以存活的荒原上。

楊隸亞凝視這個時代的目光，顯得既遠也近，彷彿有些哀悼與惋惜一個家族命運或既有道德系統，在隨著時光必然衰敗的過程裡，各色角色因而有著的倉皇與難堪，甚至因而顯現出來的各樣曲扭變形。同時間，楊隸亞也似乎在惆悵已身所經歷的一個切片般時代，竟然也迅雷不及掩耳的閃逝而過，而這樣的時代是由夏宇的詩、邱妙津的《鱷魚手記》和《藍色大門》裡的桂綸鎂，所一起建構譜寫的年代記憶。

這個實質上完全還並不久遠的時光，卻被楊隸亞寫得斑駁凋落，像是衣櫃裡暗暗閃著金箔光澤的什麼舊物，令人詫異也疼惜。或許這隱隱就是作者的回顧與嘆息，對某種價值與輝煌的噓嘆，是老靈魂般的滄桑與定目凝看，即令明快俐落的文字，也不能掩蓋其中的傷逝悼亡。

《女子漢》全書涵蓋的面向，當然並不僅只於如此。只是楊隸亞筆下所細細觀看的身邊女性，特別會引起我的興趣，尤其會讓我想到某些不得不在生命與情感上、雙重游牧的都會單身者的時代身姿。這樣看似有如英勇且奮發向前的振翅天使，時時顯露出來的倉皇與不安，卻其實還是讓人難免覺得悲憐擔憂，是否自己所依恃登天的雙翅，終將融化於烈陽的炙烤之下呢？

但是，我相信這樣的女子漢，將不絕如縷地繼續現身在時代的舞台上，而楊隸亞的《女子漢》，應該就是一個預告與召喚吧！只是，在等待與迎接他們這群已然／即將降臨天使的人間，究竟能否預備好沃土滿盈的花園？或者，依舊還是一片尚未開發的永恆荒原呢？

（阮慶岳，作家，元智大學藝術與設計系教授。著有《哭泣哭泣城》、《秀雲》、《一人漂流》、《聲音》、《阮慶岳四色書》、《開門見山色》、《黃昏的故鄉》等書。）

輯一　不是蘋果

結婚座

我的辦公桌，是一組長形的雙人座位，與其說書桌，卻更像火車、客運、地鐵的運作形態，凡是坐在隔壁的同事，短至三個月，長達兩年，都在中途紛紛拉起響鈴，靠站下車，離職或結婚去了。她們的打卡出勤表最終成為一張單向車票，毫不留戀地棄置在公司的紙類回收桶。

會計小姐叫這個位置「結婚座」，每有新人報到，便阿姑講史般敘述歷代順利出嫁的女員工，接著喊出自以為得意的口號：「下一站，幸福！」

蘋果是此刻坐在我隔壁的新人，說起來也約莫有半年左右的時間，細心的態度讓她相當順利地通過試用期和考核期；而她的臉頰，不知為何總是無時無刻散放粉紅色調的光彩。

我和蘋果常共度午餐時間，公司附近有家餐館叫紅樓，裡面卻一個女性員工也沒有，清一色穿著背心汗衫的年輕男子們端送小菜和湯碗，挺著大肚腩的老闆從廚房走出來，光禿頭頂，虎熊之類的動物腰背，他揮舞菜刀，用粗糙低沉的嗓音叫我們自己找座位，蘋果抖著手推動木頭椅子，而我站在門邊踟躕不肯入座，暗自以為這家店是否遭到強盜搶劫。

幾次，我想起店名和員工的不協調感而噗哧發笑，蘋果問我笑的原因，我表示紅樓裡面至少該有林黛玉那樣一臉素淨的老闆娘吧，她聽了以後說我思想太落後，紅樓為什麼一定要配女員工呢？也有可能是小三薛寶釵捲款潛逃，老闆娘離家出走，導致賈寶玉頹喪發福、無聊度日，最終移情轉性，搖身一變成為專門招攬猛男的中年歐吉桑。

八〇後出生的蘋果，短短五分鐘內改寫了我母親、母親的母親那一代視為經典的愛情故事。

我們還為小三究竟是寶釵還是黛玉爭論整個下午，她認為第三者的真正定義是在感情關係中不被愛的那一個，被排除在愛情的範圍之外，即是小三。她定格於空中的雙手，妖魅地指點戀愛迷津，而我隱約覺得和蘋果共事，似乎是一場災難的開始。

小型公司的員工旅遊，從來沒有跨出台灣的地圖，遊覽車的四個輪子在島嶼上到處爬行，穿越幾個名稱陌生的收費站，夏季墾丁，冬季太魯閣，始終抵達不了姊妹們口中的理想聖地；有些城市的氣氛太過羅曼蒂克，並不適合和同事一齊前往，她們內心倒也十分明白。

旅行中的夜晚，總有一段奇異的時刻，坐在光亮熱烈的營火旁邊，平常打招呼問好都有些困難的同事，姿態也變得柔軟客氣起來，甚至為對方盛裝熱湯吃食，我很清楚這只不過是暫時的風景，即使眾人牽起手對海洋或山谷吶喊不見不散，隨著太陽升起、假期結束，這些聲響如同無法播放的黑膠唱片再也聽不見旋律，也像一齣散場的新浪潮電影，細節與結局的真相藏在難以被記起的回憶岩縫。

黑暗裡，敷著白色面膜的幾個女生向手機彼端的情人通話，我則專心清潔帳篷內部，為火堆補充木柴枯枝，事實上連蘋果都發現我的手機很少響起，她說我使用的是大嬸方案，在超市的折扣時段打開計算機，跟每日睡眠計時的鬧鐘功能。

我不置可否回應，在報表檔案以外，私生活仍脫離不了數字的運算，也是某種形態的始終如一。

固定的餐館、通勤路線、健身中心、休息時間，蘋果指著結婚多年的經理跟依偎在旁的妻子與家眷，示意我的作息和中年人毫無相異，再指向枕頭邊裝滿雙份黑輪和甜不辣的碗公，叫我女子漢。

女子漢，一個融合陰性與陽性意識的詞彙，如飛翔穿梭於性別疆界的跳傘員，因測量失誤，最終迫降於尚未開發的荒原。

確實，我是公司內唯一扛起鋁梯去換燈泡的女性，和男性組長各自推著一台疊滿印刷品的貨推車也手腳麻利、毫不遲緩，至於電腦主機和抽屜縫隙偶爾竄出的蟑螂，拿出衛生紙單手一拍，跟其他人在網路購物商城拿出拍賣槌子下標項鍊洋裝般輕鬆且毫無負擔。

我只是不想活得那麼狡猾。

充滿雨水的季節裡，密集的報表檔案就像發霉的牆壁令人感到鬱悶喪氣，睏意像屢屢靠岸的海浪，規律拍打著疲憊的神經，在下一次呵欠來襲前，我伸出困惑又顫抖的食指，指向蘋果的社群頁面，詢問那些畫面為何總是跳出許多全新的演藝資訊、舞台劇節目，連歌手尚未發行的單曲也能順利收聽。她走到我的電腦前，「卡通漫畫俱樂部、美食團購、台北文昌宮點燈電子系統……」，以俏皮的語調刻意字正腔圓地唸出我常瀏覽的幾個粉絲團。

窗外突現的閃電與雷擊使蘋果反射性將身體靠近座位內側，空氣中充滿著一種水果般新鮮甜膩的香氣，我意識到這是自她臉頰或耳朵部位所飄散出的氣息。

在香氣瀰漫的幾秒鐘裡，我隱約感到自己似乎並不介意被洩漏私人嗜好，而她提醒我不要小看虛擬的網路世界，在雲端光纖以外，系統其實不停地記錄使用者的習慣。

就像搜集暗戀對象的個人檔案，她說。

那刻我恍然大悟，這是一個種瓜得瓜的程式系統，它已自動過濾個人毫無興趣的菜單，提供自己喜愛的佳餚；蘋果回到隔壁座位整理起她的長髮，不禁慶幸她沒再將滑鼠游標向下滑移，虛線以下的四個大字「月老銀行」，差點就從縫隙中流竄出來。

我並不是那種需要依靠神明指示人生去向的類型，對於月老銀行也始終把它當作凡爾賽玫瑰之類的動畫，誰叫他們總是以漫畫般的夢幻造型作為訪客首頁呢。雖然這個組織在街頭發放宣傳單，上面印有實體公司地址，媒體也不乏討論介紹，理應未與歛財詐騙勾結，但我始終以為在月老的笑臉後頭，肯定隱藏著謎樣的社交陷阱，那只是張虛假的面具，掛著月老、邱比特、維納斯……等等的暱稱，在虛擬的姻緣銀行裡，他們化身理財專員為曠男怨女服務，如同販售投資基金，將手邊的案件標的暗暗推向一知半解的顧客面前，而女神跟俊男尚未降臨，顧客的帳戶已被提領一空，留下無法兌現的愛情合約。

學生時期的交往對象，婚前在社群上傳的貓狗、美食、戀人的照片像被清潔隊或搬家公司一掃而空，換成懷抱嬰兒和對方家長切蛋糕的全家福，影像一旁則標明簡短的文字描述：「可喜可賀」，網頁下方有將近百人給予關注和讚的鼓勵，我則回應：「看來你們適合跟公婆一起住。」自此，我們就鮮少聯繫了。

業務組鑽研起女人最理想的結婚年齡，究竟該落在哪個歲數區間，她們搬出美國調查、英國研究、澳洲分析，最終還是回到台灣輿論的原點，而我一邊按著遙控器看午間新聞，聽她們幾句不離買房、婆媳、懷胎三大話題，預備拿出抱枕，從這群近似雞鴨的鳴叫裡逃開，午休顯然是結束辦公室話題最好的方法，電燈熄滅，雙眼閉上，她們也安分地回到各自的小方格內老老實實待著，即便在關燈之後的寧靜裡，偶爾會傳來一陣密集的悶笑聲，我倒也不那麼在意。我總是將臉深深埋在印有卡通圖案的柔軟抱枕裡，那些聒噪的言語聽來便顯得模糊又遙遠，有時就像小丸子的心事一樣，幼稚與不可取。

公司的地下室，光線非常幽暗，無人使用的蒸飯箱是被遺棄的寵物，孤單地蜷縮在樓梯轉角，從日到夜默默感受香菸的煙霧氣息與伴隨菸事散開的八卦流言，有回我從櫥櫃搜索著拖把和水桶，準備替打翻咖啡的蘋果清潔善後。幾個男同事聳起雙肩，圍繞成群的發出笑聲，我聽見幾個年輕女員工的名字，他們似乎以通訊錄名單玩起「瘋狂二選一」的遊戲。

一陣渴意自乾燥的喉嚨深處傳開，我拿起拖把，逃難似的搭乘電梯往上層移動。地下室是充滿祕密的洞穴，在布滿灰塵的牆面，能挖掘出人的心思和心眼，平常隱蔽的悲哀或快樂，以及個人取向也在嬉鬧中過分輕易的流瀉出來。

跨年夜裡我獨自搭乘捷運去看煙火，列車上的隔壁座位持續到終點站都空蕩蕩的，情侶們寧可拉著手或搭肩靠攏，也不選擇坐在陌生人的旁邊。

廣場前擠滿販售消夜的攤販和席地而坐的市民，幾組家庭的嬉鬧聲跟食物的味道混合在一起，那些夾雜挨罵與歡笑的聲音，使我想起童年時期母親強迫自己吃下苦瓜、青椒等號稱健康的蔬菜；她從不給予心理建設的時間，命令表情痛苦的我趕緊將食物吞下，我只好想像它們滑過食道時轉換成別的味道與形狀，此後，也一直努力嘗試，去切斷名稱和恐懼感之間所有的可能連結。

關於切斷的故事，聽說在危急狀況下，蜥蜴或蚯蚓可憑藉切斷尾端來延續生命，牠們割捨身體某一部分的重要特徵，以生物的演化邏輯來說，似乎十分合情合理。是夜的夢境裡，母親化身斷尾蜥蜴從家屋逃出，我在黑夜裡撿拾起被遺棄原地的尾端，而那尾巴卻違反生長秩序和生物原理，遂自變長變大，映現出一張父親愁苦的臉。我掀開棉被自汗水裡甦醒，卻從鏡子內窺見自己哀戚的表情。事實上，母親留下的並非可怖的獸類尾巴，而是衣櫃內許多款式淑女的裙裝，那些我從不曾穿上身的裝扮，源自對她日日年年的思念。

再度光顧紅樓餐館，是和會計小姐、資訊人員一起，店內已不見飯麵滷味等中式菜點，強盜般外型的老闆隨店家招牌消失去向，同店址重新裝潢成便便體驗館，並非販售人類或貓狗等實體糞便，而是將焗烤、燴飯、義大利麵等餐食裝載在馬桶造型的容器內。我們坐在吧檯旁的位置，隨意點了份海鮮焗飯，上餐時才發現服務生穿著純白色的蓬裙，是個看上去未滿二十歲的年輕少女，她的雙頰也是粉紅色的，但那抹暈紅顯然是腮紅下手過重的結果，和蘋果截然不同。

離開吃大便餐館，不，便便體驗館時，會計小姐不停在我面前描述資訊人員的戀愛經驗，讚美他的單純與老實可靠，並以勸告夾帶些許威脅的口氣叫我不要活得那麼神祕，逞強的性格無法獲得任何好處，偶爾和大家打成一片不是也挺好的嗎。其實我對他並不是那麼反感，如果他能不把從鼻孔抽出來的手指直接塞入耳朵縫隙的話，至少可以介紹給我的表妹或者新來的另一位女同事。他們還可以一邊體驗大便餐點一邊約會。

這些話終究沒說出口，被逆流的胃酸吞噬，再度下滑回到體內的某個角落。

不久的以後，蘋果也離職了。

過年後，我前往烘爐地拜拜，向神明求發財金，在抽籤詩的籤筒旁發現她，問我租屋處的詳細地址，要寄婚禮邀請卡來。

雙人座位即使相交相連，也無法綑綁彼此的命運，終究是不交心的緣份。彷彿小學時期被隔壁同學以鉛筆畫下分隔線，你一邊，我一邊。

桌前的報表檔案仍如山丘般連綿不絕，在業務人員的喧嘩聲裡，我打開月老銀行的社群網站，試圖搜尋像蘋果一樣散發粉紅色光芒的物件。她的打卡出勤表、員工餐廳剩餘的兌換卷、相約去過的咖啡店名片，都安靜地躺在我的抽屜裡層，如墳墓之中永不甦醒的睡眠，一個深深的黯淡的夢。

出差回國的經理帶來日本蛋糕卷，大家一窩蜂湧向門口迎接熱騰騰的手信，而我還留在座位，坐著搖晃的椅子，進行著不知終點與去向的旅程。

女子漢

穿上XL號的衣服，喝下大碗公的湯麵。催落100cc小綿羊，從中港路四段的山腰下滑直行，抵達一段的盡頭。緊接著，就是直到深夜的打工行程。

我握著手中的彩色傳單，「哈佛園區」、「清水威尼斯」、「七期創世紀」，鬧區的房屋廣告不只有世界知名學府，還有異國水都聖地，中部的建商開始試著把大樓蓋得更高，不只蓋在中港路上，還要蓋在巨人的肩膀上，像神奇的傑克魔豆，讓故事高聳直驅雲端，進入上帝的祈禱聲。

原來，威尼斯是位在清水觀音亭旁的新建案，晨起或夜深皆可聽到佛號，文宣角落還特地註明：新一代小清新概念。而這些全新房屋建案裡，令人驚訝指數最高的還是創世紀，希臘導演安哲羅普洛斯悄悄現身中港路，從電影《霧中風景》的迷幻遲緩裡悠悠伸出上帝之手，指向河畔，捏緊百貨公司旁所有夜燈的喉嚨。

其他一起發傳單的打工學生，臉上紛紛露出困惑的表情。廣告裡的屋宇大廈因過度修圖顯得異常魔幻，長詩般造景，夕霞光彩滿天，悄然越過真實世界的輪廓。

「三房二廳二衛，看看，只要八百萬。打工的都給我聽好，發傳單最重要的是禮貌。丟在地板上的，也要全部給我撿回來繼續發……」

發包派遣工作的雇主非常喜愛聘用外型中性的女孩做打工仔，認為她們外表樣貌清秀同時又可以提重物。除卻我以外，當時就有數名這樣的女孩，有些身形魁梧高壯、有些其極嬌小。看起來最年輕的也不過十六歲，所有女孩們總是安安靜靜提起角落一疊五公斤以上的文宣紙品或造型看板，連呼吸的些微起伏都未曾竄起。

五公斤，在我們手上跟五克的化妝蜜粉沒什麼分別。

這群女子漢裡，身形最高大的同事有點像哆啦A夢裡的技安。手腳麻利、速戰速決，往往花不到幾個小時就發完手上所有的宣傳紙品。她說這類打工技巧最精華之處在於選擇與大樓建物顏色相近的舊衣衫，讓自己融進斑駁的牆柱角落。

她自顧自說著，隨即身體肌肉一鬆，面無表情地倚靠在牆壁邊沿。我忍不住發出笑聲。某個年代台灣的綜藝節目最流行模仿和整人單元，二線或三流的搞笑藝人總是打扮成樹木、ＡＴＭ提款機、資源回收箱甚至澡盆，在路人或主持人走近的一霎那，突然華麗地展開四肢衝上前去，從各種物品變回人類的本來面目。

「對不起，嚇到您！」

配上一句標準的整人節目口號，所有奇形怪狀的事物彷彿都值得被寬恕接納。哪怕是牛山濯濯的河童妖物，或一人分飾兩角，半娘半爺唱著台語老歌傷心酒店的紅頂藝人。

每逢領工資的日子，都是技安展現豪爽性格的時刻，總見她毫不猶豫地拿出千元大鈔招呼年輕同學吃薯條喝汽水飲料。皮夾翻開時隱約看見一張樸素黑白的影像，大家笑著說她真是過度自戀，她卻說那是母親的大頭照片。

我不知道技安是從什麼時候開始，逐漸從女孩打扮成「哥哥」或「叔叔」的模樣。她總是習慣在工作結束後，把polo衫領子一翻，戴上變色鏡片的墨鏡，麥當勞造型瀏海垂掛散開在鏡架邊緣，鬱鬱將身體倚靠在大樓出入口旁邊吆喝哼歌，低沉嗓音頗有幾分七十年代女歌手林良樂豪爽的架勢。

沒有兼差排班的閒假，就去橋墩下的河濱公園玩棒球。從技安的妹妹變成技安，捨棄短裙拿起球棒，將過去的自己全壘打，打出無法觸及的野外範圍。

一個轉身，回眸，滑壘成功，變成自己的哥哥。

遠遠望向她的臉部邊緣，睫毛密而長，鼻樑高挺、體格厚實壯碩，原住民血統，皮膚卻異常白皙。在無數個騎樓的磚瓦前，她習慣性緊緊抿起嘴唇，龐大體型悄然與整片石牆毫無違和感地連結起來。

石牆女子。手臂長出鋼筋血肉，彷彿天底下沒有提不動的重物。

嗶嗶嗶！

偶爾，技安腰間的BB Call響個不停。只見她眉頭深鎖，一反常態將所有宣傳單丟在角落，頭也不回的離去，四處尋找公共電話。

千禧年來臨前夕，技安跟許多年輕男孩或大叔一樣，把BB Call掛在褲腰皮帶的邊緣，嗶！嗶！嗶！催促的呼喚聲，響了又響。

那時手機尚未研發販售，整個世界的旋律只有同一種共鳴。所有街道上的男男女女，無非透過數字密碼傳達一種心情、一則故事。5O5代表的是SOS緊急救命，還有1314一生一世，520我愛你。從台中車站到一中街沿途都有好幾台投幣式公用電話，午餐或下班之類的尖峰時段還得等待冗長的排隊隊伍，穿著中學制服的學生、OL小姐，有情人們焦急地投下五元或十元硬幣，只為聽取短暫的口訊留言。

印象中，那天正發派名為「歐洲桂冠」的房屋傳單。雇主選擇在科學園區附近的連鎖便利商店為據點發送。詢問度很高，隨著下班人流的湧進，天色方才暗下，傳單就已全數發送完畢。

沒多久，金城武來了，技安卻消失了。

「神啊！請多給我一點時間！」帥氣男偶像帶著日劇跟手機回到寶島，所有女孩們似乎很快就忘記數字戀愛時的密語。從此不用在雨天前往公共電話亭苦苦守候。

小小的海豚手機，滿足大大的戀愛慾望。二十四小時熱線你和我，甚至你我他。

數月沒領到打工薪水的年輕學生們，聚集在水利大樓底下喊到燒聲。管理員說，雇主疑似簽賭亦或迷上0204男來電女來店交友，好幾週不見人影。印刷廠按照慣例送來指定的傳單，那些彩色鮮豔的夢幻大樓上爬滿螞蟻蟑螂，蜘蛛還在辦公室門縫結了好大一個網。大夥拿著掃把和螺絲起子破門而入，果然人去樓空，剩下角落一包未倒的垃圾還在發臭。

房屋宣傳單由當期變過季，紙上的預售屋也連帶變成滯銷屋，一間間精美的樣品屋養著蚊子乏人問津。

後來，我輾轉在隔壁幾條街幫大學重考補習班發傳單，疑似看見技安的身影。

依舊高壯的身形、寬大嘻哈風格的T恤，唯一不同的是從側面隆起的肚腹。

她戴著棒球鴨舌帽，頭低低的走過鬧區轉角，拖著鞋跟的步伐裡似乎帶有一絲沮喪，不時回頭又左右張望，像被追捕中一條謹慎惶惑的小魚，最後在人潮中游入更窄小的巷弄。

正午的太陽，終究是太烈了。烤得思緒都要蒸發，何況雙眼所見。

我一定是看錯了。如此在心底對自己說。

隨著紅頂藝人的解散沒落，綜藝節目裡由男扮女，由女扮男的單元正式結束。吳青峰或張芸京唱著小情歌跟黑裙子，世界進入界線更模糊的少男系女孩，或少女系男孩的中性流行路線。

可是，真正的女人軍團才準備從有線電視頻道誕生。

「女人我最大」號召一批女人軍團在節目坐鎮，從保養、化妝、愛情、工作、性事，任何以新時代女性為主題的內容，無一不聊。

女兵們擦著鮮豔唇膏，肩披帥氣卡其風衣，舉手投足有如女力士卻不失嬌嬈。這些女兵們統一尊稱她們的頭目藍心湄為「藍教主」，規模有如當年林青霞扮演東方不敗的排場。

我也依樣畫葫蘆，跟隨流行趨勢。穿上男友風的長版襯衫或工人風的帥氣寬褲。文成武德、一統江湖的女帝。

從此，女子漢們在城市裡流竄。

自學校畢業後，決心不再當打工仔。離開校園前夕的旅行，幾個同學們一起到中部的山區遊玩，戴著斗笠體驗茶園生活。茶園座落在深山裡的深山。搭乘火車抵達鄉村的火車站之後，還必須轉兩班聯營公車，再徒步四十分鐘才能抵達。

村長說，茶園裡最年輕的採茶姑娘年紀與我們相仿，他指向丘陵地邊際，雙手戴著袖套的一只模糊影子。

「嗌，很孝順的一個年輕人，是原住民。媽媽肝癌末期她還跑去當代理孕母，給人生孩子賺醫藥費。前前後後花好幾百萬哪，還是沒能救回來。」

「別看她那麼高高壯壯的，母親過世的時候，從山頂哭到山下。」

日落緩慢，紅燒燒的天空相當倔強，始終不肯加進其他色彩的調和。下午五時過後，陽光依舊照得我們臉頰發燙。

「工作很勤勞哦！從來沒聽她抱怨。可能村裡年輕人真的是太少了，給她介紹都說不用啦。」村長伸出手臂從左方的陰影處畫到右方太陽正緩緩落下的位置，說這一整片的茶園，都是母親過世以後，留給那名採茶姑娘的。

斗笠下那張側臉尚未完全轉過來之前，高挺的鼻樑，緊緊抿起的嘴唇，有色墨鏡。

我在心底早已快速辨認出，那就是技安。

村長帶領我們到製茶小舖，竹藤編織的小鋪內相當陰涼舒爽，大片採收後的茶葉在機器內不停攪拌翻騰。而技安並不打算和我們這些遊客親近，她自顧自地繼續彎腰採茶，重複勞累且繁雜的粗活工作。

摘採篩選後的茶葉經過熱水沖開，終於漸漸在壺底呈現安心舒展的姿態。這些葉片彷彿於採收之前，泡開之後，都有不同性格。

我雙手捧著茶杯，望向日落之處。陽光照耀在滿山的茶園，也像默默照映出技安的心事。那些緊緊密密，被隱藏於茶園深層，無人知曉的回憶，或許只是尚未被沖泡的茶葉原貌，從青澀放置到老熟，或經過濃重不可言，最後淡化於舌尖，了然於心胸。

她的生命裡是否注定有一個女子，一個漢子。

二者的相遇注定她的堅強。在外表底下，有時支撐身體的不只是血肉筋骨，更可能是有如鋼鐵梁柱般的心靈。

牛羊逐水草而居，女子漢拾堅毅而走。所有的石牆女子，是不是都會變成東方不敗，白髮魔女甚至天山童姥。從群眾裡孤身走出，又往靜默裡獨自老去。

沒有玫瑰的人生，卻開出一芯二葉。

夕陽最後還是落了下來。我好像遠遠聽見遠方丘陵地處傳來歌聲，不知道是林良樂的〈冷井情深〉還是伍佰的〈愛你一萬年〉。低沉清晰，忽遠忽近。人家都說採茶季要唱傳情之歌，男對女唱，女對男唱。而技安獨唱，或者面向悠悠草綠之道，對著亡母而唱。

我早已忘記當天是如何下山，回到中港路一段的寄車行。

中港女子漢搖身一變正港女子漢？都好像上個世紀的傳說，也像一千零一夜沒有結局的故事。佇立於百年神木之前，技安在自己的歌聲裡，唱著唱著，又變回技安妹，拿出畫筆，畫著綠色的梯田、藍色的天空，或白色鷺鷥的翅膀，來自藤子不二雄手心的純情祝福，遠遠地，被塗上深綠、淺綠、橘黃色，快要過期的夢。

茶葉的香氣在空氣中彌漫飄散，往前走，眼前似乎起了霧，我舉起手試圖要抓住技安的衣角，低頭卻發現無數個日與夜，已從我腳下悄悄如河水般流走。
河裡有不合理的倒影，有一女子、有一漢子。
顛顛倒倒的女子漢世界。

裝扮遊戲

回想起Tomboy、帥T、假小子……你還聽過什麼樣的形容？

二〇一一年上映的電影《Tomboy》，中文被翻譯成《裝扮遊戲》，比起什麼湯米男孩、男人婆、帥T現身、或直譯或隱喻，它選擇了另一種更中性的造句，就像一箭射中標的紅心。

打開握緊的拳頭，掀開底牌。

「裝扮」指的是穿衣服、戴帽子、飾品、染髮、修眉、選色，種種與風格相關的集合物。紳士帽、丹寧背心、麂皮流蘇長靴，是西部牛仔風格，皮革飛行外套、洗舊大格紋襯衫、窄管破洞牛仔褲、帆布鞋，相當搖滾樂隊路線。

電影《裝扮遊戲》裡金色短髮的女主角，身著白色背心、海軍藍色連帽外套，走的是隨性帥氣休閒風。她對鄰居女孩自我介紹，反射性脫口說出：「我的名字？

Michael。」給予自己一個男性的暱名，（哦，是的，今天我想成為Michael。）偷渡進入青少年群體，神祕又大膽。

曾聽過更多中性的女孩，她們會喜歡別人稱呼自己Jaky、Alex、Chris、Erin、Joe、Karen、Leslie等，最後一個聽起來尤其耳熟，可男可女的Leslie，張國榮的藝名。

取名向來是微妙的學問，不僅代表個性與態度，甚至審美品味。就像平均十個男同志裡面，不知為何有五個會說：「嗨！你好！我叫Kevin。」然後輕微搖晃夾緊的雙臂，有些溫柔，有些矜持保留的姿態，轉身說拜拜之餘臉頰都帶有粉紅光暈，或打亮的蘋果光肌。

名字總是如同海洋湖泊上閃閃浮動的光亮，潮來潮去，看似無所謂。下方沉置醞釀身體的祕密，有股衝動渴望被揭發，同時又羞怯遮掩，欲拒還迎，來點夢幻泡泡，猶抱琵琶半遮面。

為了經營ICQ、BBS、MSN、即時通、奇摩家族、乃至聊天室、論壇、討論區、無名小站、Blog、Plurk噗浪、Facebook、LINE、WeChat……等，通常在本名以外，還會取另一個別名或代號。

從撥號連線到光纖傳輸，千里迢迢，忍了又忍，於午夜時分上線，叮咚、叮咚。

「嗨！我叫蘇麗珍。」

「安安，請問是……蘇麗珍？」

「蘇麗珍現在沒有時間回覆訊息，請留言。」

我感到混亂，這世界上竟然存在這麼多蘇麗珍，或想假扮她的人。《阿飛正傳》裡的蘇麗珍，《花樣年華》裡的蘇麗珍，《2046》裡的蘇麗珍，揉揉雙眼，想要看個仔細，究竟是誰在扮演誰？

點閱瀏覽顯示照片，只有一張細緻的刺繡旗袍照片。

穿旗袍，不一定是蘇麗珍，也可能是阮玲玉、張愛玲。這又是哪裡買來的款式呢？該不會是獅子林吧？還是淘寶網路商城？

「我在露天二手拍賣市集購入的哦！你可以搜尋蘇麗珍改良式精美旗袍。」

連上網路，跨越海洋，時空，身分，性別。像是對著古老的樹洞傾情訴說一次又一次的祕密，在時間列車裡被不斷重複。入坑才發現，這絕對是無窮無盡的洞穴，木村拓哉千辛萬苦找到洞穴以後，他的祕密心事並沒有被珍惜安置。

認清事實以後，暱稱為木村拓哉的朋友，網購入手第一件旗袍，大概是他男扮女裝的開始，即便不夠準確精緻，也是野草開花，曲線畢露，實在回不去了。

服裝和名字都是流動的，誰說男人一貫該穿得寬鬆、魁梧，女人該窄肩、纖細？艾迪．斯理曼（Hedi Slimane）在設計Dior Homme系列服裝時，把男人套進一條又一條只有27吋的緊身牛仔褲，白瘦的男孩們裸著身體拍照時，上半身的肋骨隱約可見，不知道是長期節食瘦身的緣故，還是缺乏肌肉彈性的組織架構，眼神所及之處，顯得蒼涼執著，舞台上盡是憂鬱又陰柔的線條。

那些男孩全情投入扮演，他們的名字叫做Skinny，將Loose、Straight、Boot cut、Slim等寬大隨意拋擲腦後，丟到資源回收站，留給下一季或下輩子的設計師重新拾回靈感。

有些人用心建立規則，另一群人則負責打破。

三十年前，有一個少男系女孩，與另一個少女系男孩，在華人世界裡，幾乎同時間爆紅。

前者是梅艷芳，後者是張國榮。

梅艷芳穿上大翻領呢料寬肩男款西裝外套，〈壞女孩〉單曲驚豔香港歌壇。

「WHY WHY TELL ME WHY
引致淑女暗裡也想變壞。」

走在黃昏街燈下，一會兒貓步，一會兒大搖大擺。

可以有多壞呢？

重播YouTube上的ＭＶ，音樂錄影帶裡面還有四個身著白衣的合音天使，不時探頭探腦，鬼靈鬼怪地跟著唱著幾句，其實相當純情。

八〇年代的舞曲，最奇異的地方大概在於動感、快節奏、充滿俐落鼓點的舞曲，歌詞往往悲傷文藝無比。

「蔓珠莎華　舊日豔麗已盡放
蔓珠莎華　枯乾髮上
花不再香　但美麗心中一再想」

在悲傷裡輕舞。

翻唱山口百惠的成名曲〈蔓珠莎華〉，她著細條紋大西裝，白襯衫，黑領帶，紳士帽，腳踩黑白荔枝皮革英倫鞋，可說是十足英倫風。

曾經在Google入口網站搜尋邱妙津照片的時候，看見她穿著類似的呢料軍藍色男款外套，假使眉眼之際，塗抹上梅艷芳的妝效，不知道是否也有幾分雌雄同體的氣質。

一下扮女，一下扮男。

又是午夜，我坐在客廳的小餐桌旁，邊吃著冒煙的熱食宵夜，邊按下遙控器，龍祥電影台的深夜系列要開始了。電影節目表在這個時段除了邱淑貞的《鹿鼎記》、《赤裸羔羊》，最愛重播《金枝玉葉》，一次還連播兩集，喝醉酒的袁詠儀站在張國榮家大門口，叮咚叮咚按著門鈴，大喊：「顧家明先生開門！」

張國榮緊張地穿著睡衣跑出來：「小聲點，千萬不能讓鄰居知道你的性別。」

誰知道關起門來，穿的究竟是什麼呢？

把音量按鍵開始調大一些。

深夜的小食配上性別模糊的劇本，愈吃愈有滋味。

梅艷芳、張國榮、袁詠儀、Hedi Slimane、David Bowie、邱妙津……男男女女的大人物們好像都擠在電視螢幕裡，或正在太空船上，跟著眼前冒煙的宵夜，一起熱鬧起飛。

少男系女孩

那是中國電視公司已經停播的一個綜藝節目，每週末晚間播出，本土綜藝天王吳宗憲擔任主持人，搭配大小S或其他女星，編寫節目的企劃人員構思了一個異常有趣的猜謎單元。

你猜你猜你猜猜猜。

從白色煙霧竄出一陣口號：「人不可貌相，海水不可斗量。」

外型中性、俊秀的五個「少男」裡，其實只有一個是真正的男兒身，其餘皆為貨真價實的女孩。

她們被稱作「少男系女孩」。

網路的線上翻譯字典，解釋了類似的名詞，輸入「Tomboy」便會出現一句說明：「男孩似的頑皮姑娘。」還用英文造了短句例子，「Mary has always been a tomboy. She likes hiking and horseback riding. 瑪莉一直很男子氣，她喜歡遠足和騎馬。」

自歐美國家流傳來的Tomboy說法，含義廣泛，這種可男可女，如同小男孩般，又同時具備清新氣質的女孩。倘若要從明星偶像裡舉出個案，比起相對男性化的林良樂、潘美辰，其實應該更接近孫燕姿、范曉萱、梁詠琪和桂綸鎂。

在審美觀幾乎一致的傳統年代，不管是玉女還是慾女，從矜持害羞到熱情四射，女性美的標準始終不在人們心裡，而是在電視廣告和摩托車後的擋泥板。大大的眼睛、烏黑長髮、白皙皮膚，在鏡頭前跑起來你是風兒我是沙的，現實世界也幫男生的摩托車擋泥土，可謂最佳賢內助。

屬於少男系女孩的時代，實在來得較晚。

大約是二○○○年前後，擋泥板美女們嫁做人婦或人間蒸發。

范曉萱剪去長髮，平頭造型現身，孫燕姿、桂綸鎂紛紛用清湯掛麵的學生妹髮型擄獲粉絲的心。

地表上的板塊移動，聚合離散不斷發生。性別意識不僅隨著氣候變化起伏流動，不只在初春時破冰溶解，還要變成一盤草莓巧克力雪花冰，在夏天融化人們的心。

站在藍色大門前，可以男歌女唱或女歌男唱。

孟克柔雖然還是比較喜歡運動褲，勝過制服裙，可是每一場城市裡的腳踏車追逐賽，她仍舊不改白襯衫制服裙的搭配。倒不是為了怕被教官記過，或許更大的可能性是？

她也不知道。

腳踏車的輪子轉著轉著，連用三段變速，一路超車追趕，她多麼努力想將張士豪拋在身後，卻無法抵達終點。如同走在大富翁紙上遊戲的街道，擲出骰子、往前走幾步，小心翼翼翻開命運、機會的紙牌，得到的卻是另一個問號。

祕密。

拒絕百分之百男裝或女裝的孟克柔，繼續在遊戲裡擲骰子，只因為不肯向命運低頭屈服。

「我是女生，我愛男生。」她在體育館二樓最隱密的牆柱角落，用鉛筆反覆寫下一次次的疑惑壓抑。

那年電影散場時，我仍穿著高中制服坐在觀影席，雙腿卻隱約有些發麻顫抖。坐下的時候，制服裙長度在膝蓋以上，由西門町峨嵋街的老師傅改短，黑色百褶裙，一摺又一摺，層層疊疊，藏著爆米花的碎屑。

師傅修改的經驗極多，並不急著一刀裁去多餘的裙長，而是將它收攏縫進裙內裡，外觀與其他制服短裙無異。

有天你會用得到，不如留下。

「誰知道哪天你想穿長一點？哪天又想穿短一點？」

衣服跟人的性格取向，都是善於變化的，無論長長短短，膝蓋似乎終究是一道關卡，也像島嶼早期的濁水溪，以北、以南，跨不過去並非道路中斷，更可能是思維打結或各自堅持。

從觀影席站立起來，制服裙長度將膝蓋覆蓋，落在最尷尬的位置。長裙顯得優雅，短裙顯得俏麗。

而我兩種都不是。

台北城裡，實在想像不到哪一條路段能夠如此暢快地騎著腳踏車，劇情裡出現的518號公車，起點是麥帥新城，終點站是圓環，從內湖國宅一路開到大稻埕碼頭口，如今每年七夕都是河岸音樂季，男男女女在碼頭旁或站或坐，欣賞獨立樂團唱歌跳舞還有煙火秀，如電影裡孟克柔和張士豪的約會。

海邊的浪在起伏拍打，沙灘上的樂團唱得賣力激昂，那些隨著民主與解嚴襲來的一波波搖滾樂團浪潮，被自由渴望帶到了岸上，又隨更多慾望被帶回海裡。

浪來浪去，性別的界線又被推移得更邊緣更模糊。

電影裡1976樂團原班人馬早已解散，我也上了大學。營火總在入夜後開始燃燒，為各自的聯誼露營，增添更多親密溫暖。眾人圍成圓圈，收音機傳出一百零一首舞會歌曲：〈第一支舞〉。

「帶著笑容　你走向我　做個邀請的動作
我不知道應該說什麼　只覺雙腳在發抖」

男生站圈外，女生站圈內。

我想起張士豪跟孟克柔，或者張士豪跟林月珍的約會。

營火還在舞台中間發燙，為夜裡漸寒的空氣增添溫度，所有人都穿著同色的上衣或牛仔褲，終於沒有制服褲、也沒有制服裙的選項煩惱。

真是太好了，我心裡這麼想著。

站在圈外的男生竊喜，站在圈內的女生害羞低頭。

呵呵呵呵。

嘻嘻嘻嘻。

觀望著並退後了幾步，我還是不知道該站在圈外或圈內。

我想起中學時期，永遠考不及格的數學考卷，纏繞著我的集合單元，排列組合題目總喜歡如此發問，當A等於B，A等於C的條件下，請問B是否等於C？

「同學，請問你想站圈外還是圈內？」

關於排列組合，我也不知道答案。

營火讓臉龐與手臂感到發燙，許多同學們臉上也有了紅潤的色彩。他們手牽著手轉圈圈，嘴角上揚，踩著幸福的節奏。

那一刻，我忽然想起，電影裡從來沒有演出林月珍跟孟克柔的約會，孟克柔是戴上張士豪的臉孔面具和對方約會的。

我也有屬於自己的歌曲，或許不是〈第一支舞〉，而是藍色大門裡的〈小步舞曲〉。

主持人站在營火旁表示，最後一次的舞曲即將播畢，請站在圈外的男同學們把握機會。無論圈外或圈內的同學們，加快了速度，有些人焦急地想趕緊結束，有些人捨不得放手。

原來愛與不愛都是本能。

「同學，你到底要站在圈外還是圈內啊？」

「少男系女孩」站在A與B的交集，哪兒都去不了，也不去了。

何時才有人發明圈內人與圈內人的第一支舞呢？

你猜你猜你猜猜猜。

不是蘋果

不是蘋果。

你感覺到身體最深處傳來刺痛感，隨著兩腿間濕潤的感覺蔓延開來，你了解原來這即是肉體的本能慾望，而你的母親跟其他人一樣，沒有什麼不同，也是經歷如此過程，讓肚腹凸起，然後你便誕生了。

不是蘋果，你是在黃昏時候出生的，那是一個魔術時刻。

白日即將結束，黑夜來臨前，詭譎卻靜謐的時刻，藍天開始顯露裂縫，滲入奇異的橘色或紫色的光暈。

風刮得臉皮刺痛，脖子背後的汗毛因氣溫略微下降而顫抖著，天空像是初次經歷性體驗的少女，透過微小的隙縫處把身體打開來，既不是白天，也不是黑夜，透出朦朧光暈的遙遠所在，好像有大提琴聲緩慢地響起，一個又遠又近的夢，那裡究竟是什麼地方呢？像是魔術一樣，短暫的三十分鐘至一小時，時間的裂縫出現了。

不是蘋果，你從陰道滑了出來，你覺得身體黏黏的，像是泡在濃濃的巧克力醬料桶。光暈之內，你伸展四肢軀幹，你用極小的手捂著你的下體來到世界，遮掩住性器官的辨識位置，護士小姐試圖鬆開你緊握的拳頭，你嘶聲大哭了起來，你知道你的誕生不被祝福，在那個既不是白天，也不是黑夜的時刻，你不屬於非黑即白的兩者，在模糊的蛋黃色光線裡，自魔術時刻出生的孩子，伴隨著神祕、疑惑、抑鬱，你坦然接受被忽視的事實，也許你想著，子宮以外還有什麼更純淨的所在。

你總是安靜的，坐在每個群體的中間，也像透明的空氣般不存在，最核心的邊緣人物。更多的時候，你躲藏在衣櫃、櫥櫃、鋼琴鍵盤的邊緣下方，能夠產生陰影的遮蔽處讓你特別安心。

在擺放鋼琴的小房間裡，節拍器陣陣催促，忍著腹部的脹滿感覺，結束哈農指法練習曲，起身的時候，還來不及步行至廁所即便溺於褲內，與你年齡極相近的弟弟，腳步靈巧地跑出去，在琴音敲擊之間，大喊著：快來啊！有人在地板上尿尿！

屁股的濕溽氣息難以掩飾，你無法在任何一個沙發椅墊入座，帶著黏膩的水珠，哦，其實是黃色的尿液，從兩腿間的縫隙流下，順勢下滑至白色花瓣的短襪邊沿，連襪子也被染成黃色。

此刻，你完全確信自己不是蘋果。

全世界都安靜了下來，你連說謊的藉口也無法尋找或編織。你只聽得見自己急促的呼吸聲，遂將白色短襪脫去，捏在手中，從山腰的鋼琴教室一路赤腳奔跑回家。穿越長街旁的老樹樹列，頭頂上的葉枝都散開，是風在替你取名與引導命運的方向。

不是蘋果。

在日光裡，你的影子被汗水分解稀釋，被夏日陽光烤熟，小腿間的尿漬也被熱氣風乾，留下酸味滿溢的尷尬與羞恥，遠處傳來的小步舞曲，那節奏聽起來一點也不清新了，童女的尿似乎在地板擴散開來，延伸至鋼琴的椅腳，替整個夏季畫下句號。

給愛德琳的詩

那時候我才六歲，老實說根本弄不清楚誰是愛德琳。

〈給愛德琳的詩〉，並不是一首詩，而是鋼琴家理查克萊德門的成名曲。它還有另一個名字叫作，〈水邊的阿提麗娜〉。

翻開琴譜的目錄頁，金髮藍眼，絲瓜領西裝，打著紳士啾啾領結的理查坐在鋼琴旁，露齒微笑。如同白色琴鍵般整齊的齒列，不升也不降的原音，散發純真優雅氣質。

大概就是傳說中的鋼琴王子。

「老師！我要嫁給理查。」

「老師，理查好帥！」

山坡上的鋼琴教室，是我初次與愛德琳（或阿提麗娜）會面的地點，相較於其他女孩都覺得理查很帥這件事，比起愛慕理查，我似乎更想趨近理查、模仿理查，或者成為理查。

年幼的我隱約覺得完美無暇的理查先生是一位既聰明又熱愛炫技的演奏家，比起小奏鳴曲、巴哈奏鳴曲，甚至難度偏低的拜爾練習曲，他的樂譜技巧並不困難，著實讓初學鋼琴者特別心動。只要懂得看樂譜，抖抖幾根豆芽菜顫音，同時利用琴音踏板營造環繞效果，短時間內就可以「露兩手」。

製造、重組或對調左右手的單音與和弦，在簡單與繁複中無限重複基本型的C大調樂曲，尤其讓雙手同步移轉高八度，敲響最末端的幾顆琴鍵，特別清脆響亮。

大概就像，在睡醒的早晨咬一口蘋果吧。

討喜又舒暢。

無論是〈給愛德琳的詩〉（Ballade pour Adeline），還是〈夢中婚禮〉（Mariage D'amour），一天練習二十遍、三十遍。只要一週，我也能當一回超帥理查。

八〇年代出生的孩子，只要在學校的音樂課堂秀一首〈夢中婚禮〉，不管搶拍與否，不在乎樂理強弱細節，甚至不看譜，埋頭苦彈，下課鐘聲尚未響起就列位校園風雲人物。此後，制服襯衫不紮，死黨跟著你一起將衣擺隨風飄揚，抽屜偶有點心零食，蜜香豆奶，扭蛋玩具。

黑白琴鍵，彩色心情。

青春時光，本該如此任性地虛擲、浪費、炫耀。

上山，下山，於山坡上那間白色別墅，迎來專屬於愛德琳，詩般輕柔的旋律。

幾年過去，不知道從什麼時候開始，我再也沒爬上那角度微微傾斜的山坡。回想起鋼琴教室的故事，雙腳還隱約感到疲軟發痠。

被遺留在白色別墅的愛德琳小姐，三位鋼琴老師。大姊嫁入豪門，二姊出家成了比丘尼，三妹穿上紅色芭蕾舞鞋，旋轉跳躍不停歇，舞舞舞，最終舞向另個世界。

山腰的白色別墅拆了，像低音譜記號，滑落下來。

幾架鋼琴隨著貨車，消失於街角，有些陰沉暗淡的氣氛。穿過鬱鬱的樹林，曾經溫暖盛開的花朵都謝了，琴音脫離手指，走向另一條玫瑰路。

再度翻開琴譜，理查已經變成大叔。

〈A Comme Amour〉的第一小節延續〈夢中婚禮〉的前奏，曲名乍看描寫愛情故事，卻絲毫沒有甜蜜意味。我拉攏椅子坐回鋼琴前，繼續投入數十個數百個鐘頭的練習，原來愛情讓人筋骨痠痛，還沒抵達天涯海角，先僵直性脊椎發炎。

愛德琳的房子再也傳不出如詩般的琴聲，大概多數情詩總是談論悲傷與失去。C大調移轉E小調，快板變慢板，越彈越壓抑神祕。

中學時期，大銀幕播出岩井俊二電影《青春電幻物語》，蒼井優在豔綠的草地上放風箏，將手中繩線用力拉緊，拉出一連串腹中的夢想：

紙飛機、音樂、唱片、零用錢、德布西與莉莉周。

曾經以為遺忘愛德琳跟轉換品味都是很容易的事，蓋上琴蓋，讓世界一片漆黑。

到西門町把制服裙子改短，或把冬季AB長褲訂製成垮褲。從美國二手街購入二手、三手的洗舊大學足球T恤，配上Levi's破損丹寧褲、紅色高統converse帆布鞋；再去烏龍院買明星護貝卡，隔壁條街的玫瑰唱片行買原聲帶跟琴譜，在徒步區的塗鴉牆小巷裡來回溜滑板，最後再到紅包場旋轉樓梯下方的檳榔攤買幾包維珍妮涼菸。

褲子的破洞範圍，還要再更大一些。膝蓋破、褲腳破、連口袋也破，跑步起來零錢叮叮噹噹掉滿地。

推開禁止進入的藍色大門。

十五歲就要做十八歲的事，貪心得要命。

〈大象催眠曲〉、〈洋娃娃小夜曲〉、〈小牧羊人〉……德布西給莉莉周周寫下夢幻純真的組曲，可是並沒有給蒼井優帶來安慰，丈量裙子的布尺從膝蓋處開始往上量，一公分、兩公分、三公分，再往上去、往上走，再更靠近。

啊，抵達山坡了。

啊，看見森林了。

把襯衫的領子扣好，將衣襬塞回制服裙內，繫好腰帶，皮鞋擦亮。

濕漉的雨天，輕輕地走上去，又走下來。

巴黎的德布西、理查、東歐的麥可森、中國的李雲迪、韓國的李閏珉還是日本《交響情人夢》的上野樹里，野田妹彈到頭頂發燒冒煙，最後來一記翻白眼的蕭邦練習曲。

愛德琳脫下衣飾，終於得到解放。

是屁屁體操。

「總覺得要放出來了
馬上要放出來了
So La Si Do
噗噗噗
這次會放出來怎樣的屁呢？」

1、2、3、4
2、2、3、4

節拍器還在擺動，上山，下山，彎腰綁起鞋帶，才發覺原來是手錶秒針或微風掠過樹葉末梢發出的聲響。

想起琴譜上乾掉的鼻屎與紅色粉筆手印，我與愛德琳之間，不能言說的祕密。

輯二　失戀家族

洗手歌

我家祖母總是在浴室與水相互磨蹭，流水聲不間斷，持續超過四十分鐘。洗手。

她的女兒，也就是我姑姑，遺傳此特異素質，更久，一小時又四十分鐘。每當有客人來訪時，她總是反覆壓抑著洗的慾望，匆匆抹去肥皂，打開水龍頭若無其事地讓冷水流過手背表面。而客人紛紛離去以後，於黑暗的，未開燈的浴室邊緣，她再度拿起肥皂，試圖一次又一次地搓洗著自己的手心與手指。

她們老是覺得髒。

也因此她們多年長居於屋內，也沒有外出從事任何勞動工作。外面的世界很髒。應該說，只要出門就容易把自己弄髒，頭髮、手、衣服、臉、褲腳、鞋襪，連手上的雨傘因觸地支撐的緣故，親吻地球表面，唉，髒了。下次該換一把。

祖母與姑姑曾在我的夢境裡，各自占據一臉盆，不做別的，就洗手。嘩啦嘩啦。水龍頭打開就有歌曲流出，源源不絕的，要把髒污洗去，漫長的顫動的樂音。彷彿是來到世界上第一次，初生的洗。

幾次的共餐時光，我望向祖母拿著湯杓的雙手，手背和手臂已是兩個色階，那是浸入時間的水裡，所換來一只永遠的，蒼涼的白手套。

電燈泡，衛生紙，雲朵，影印紙，棉花糖，口香糖，不，祖母的白色雙手遠遠超過這些物質提供的色層選項。這些物件都太普通平實，對比度、飽和度的平均值滿溢，無法成為轉喻的對象，更何況都是無生命之載體，如何與冰涼之手連結想像？張愛玲小說被改編成電影《紅玫瑰與白玫瑰》，以「床前明月光」出場的葉玉卿白玫瑰，也許才是最接近祖母乾淨與靜謐並存的病態形象，又或是王家衛的電影《愛神之手》，位於新上海灘邊緣撫摸著串珠旗袍，被慾望控制與厭棄，無可奈何，不知是乾淨或骯髒的女性雙手。

冷。

水聲又從浴室內部深處傳開，隔著門板，我知曉祖母於門內拿著極粗極深色的菜瓜布洗刷著自己的手背。她要洗去與祖父之間的一切牽連。

我從睡夢中甦醒，以為聽見了雨聲。原來也不過是祖母還在洗手的聲調，無止盡的流水音絲毫沒有停歇中斷。父親收到水費帳單時，躲在房內皺著眉頭暗罵，卻一次也不敢在祖母面前吼叫咆哮。

電視頻道在進廣告時間，播放著洗手歌，國家的衛生單位派出黃色斑紋的卡通人物巧虎，不知是貓抑或虎豹般的動物，背後隱藏著聲優配樂，難分男女的虛擬歌聲唱著：「洗啊洗洗手，拍啊拍拍手，大家一起來。洗啊洗洗手，搓啊搓搓手，手背搓完搓手心，洗啊洗洗手，擦啊擦擦手，大家笑哈哈。」

哈哈。拿出現金預備繳交水費帳單，父親痛苦地發出哈哈的笑聲，從客廳飄向房間。那聲音透過牆壁的碰撞折射，傳進我耳裡的時候，卻比較像嗚嗚哭聲。

中學的最後一年，正是流感SARS肆虐，城市陷入癱瘓的高峰期。家中肥皂的消耗量比既有的日常更快，浴室自午夜至清晨時分都能聽見水聲。潮濕悶熱的密閉一隅，排水孔還來不及將多餘的水流帶走，新的一波卻萬分焦急追趕上來。

我感到腦袋裡有漩渦在流轉，祖母衣櫃最裡層，久未清洗的改良式旗袍，彷彿也潮濕地，極親密地倚靠在櫃子的木板邊緣。那些旗袍跟華語電影裡穿在鞏俐或陳沖身上，柔美神祕帶著東方氣息的貼身款式極為相似，只是喪失了更多擺動韻律的機會。

我知道那些旗袍不但帶著水氣，而且幾乎都破洞了。被寄居於衣櫃內的各種蟲類齧咬啃食，縫在胸前的珠光琉璃或裙擺的開叉細絲，都被時間無情地帶走。

那時候家裡的浴室還沒有洗手歌，如此悲哀的聲音。

祖母一身亮麗旗袍，手牽著年幼的姑姑，在整條酒店大街，尋找深夜未歸的祖父。唯一的濕漉之處恐怕是她眼角的淚。母女二人捏著手，喊阿爸回家，回家。

這都是從父親那裡聽說的，他是這棟家屋內的唯一乾燥。或許，他也有什麼不為人知潮濕的地方，我未能預見。若有的話，想必是來自形體以外的其他部位，聲音，情緒，眼神，或者因擔憂這屋內的女性，導致時常翻騰的胃食道逆流。在我永遠無法觸及的所在，嘩啦嘩啦，獨自擺盪起伏難以示人的水聲。

祖父不回家後，沒多久，祖母就開始不間斷地，播放她個人主打的洗手歌。像是電視頻道的MTV音樂台，二十四小時都播放流瀉悲傷的歌曲。我坐在大頭電視前，螢幕傳來張信哲的〈愛如潮水〉，還有齊秦的〈不讓我的眼淚陪我過夜〉，「愛情像難收的覆水，長長來路走得太憔悴。」中學的我，隱約感到那柔情的男聲背後，所傾訴的似乎不只是唱詞。祖母從浴室走出來，雙手濕淋淋的，她拾起餐桌旁椅背上的手帕，反覆擦拭自己的雙手。我見到那手的邊緣，破皮、龜裂，滲出血絲，血絲沾染到淺白色的手帕，把手帕都染紅了。

她絲毫不覺察痛苦，淡然地說，「這髒了，拿去洗洗，該換條手帕。」

關於水的慾望，祖母的愛憎，都已幻化成水的本質，愛如潮水，恨如潮水，源源不絕。這是祖母的主打歌，比張信哲還抒情，比齊秦還催淚。

而我比電視裡的歌迷粉絲，還更眼眶閃閃彷彿歷經夢境，有淚流下。

祖父已經好長一段時間沒有回家，那時光必須以數年來計算。她口中稱之為「死老猴」的男人，襯衫領子一翻，不知去向。我轉身回頭，望向祖母的背影，電視裡的海浪拍打、湧出，就要將她淹沒，而祖母再也不流淚，只是洗手。

祖母沒有將美麗的旗袍或玉鐲首飾傳給姑姑，倒是傳遞了水的愛與恨。

洗手彷彿變成家族內偉大的女性事業，姑姑的天賦有如最佳接班人，傳唱的範圍擴大，超乎情歌民謠曲調。不只洗出愛與恨，還洗出夢。夜不能寐的輾轉午夜時分，她夢遊似的晃蕩，步伐踟躕，我揉揉雙眼起身探視，蒼白雙手於洗手台內，洗了又洗，搓了又搓，洗成一條耗損破敗，失去顏色的舊衫布，也將自己洗成一只沒有靈光的幽魂，從此見了人只會憨笑。

陽春白雪之歌，姑姑悄然抵達凡人難以觸及，神鬼領域的，洗。

她於夢遊裡洗手。陽光或晦暗，日月及時序都顯得不再重要。只要能洗，就有出口，浸淫在睡眠，最深的夢裡。

祖母為祖父的不歸而洗，姑姑為祖母的悲傷而洗，頗有為情償還的意味。

印象中，姑姑最後一份工作是在某家連鎖的升學補習班當櫃檯人員。小朋友背著書包結束白天的校園生活，看見她坐在櫃檯吃吐司麵包，身體靠近討食想要分一口，當作午後點心解饞。她見有人靠近，旋即將吐司藏於身後。

那袋吐司麵包，被她丟棄於垃圾桶內，「這麼髒，誰敢吃？」

真正的髒往往不是來自感官。

眼耳鼻舌帶領人類抵達的感官體驗終究有其終點，插著大旗子的目的地，宣告嗆辣、酸甜、苦臭、痲木，都是與想像相去不遠，或不謀而合的預示。

慾望揭示髒的另一面，是乾淨。

這麼多年來，我始終以為自己不懂吟唱這首洗手歌。它向來都是流傳於祖母和姑姑之間的主打歌與主題曲，一代傳一代，必該戛然而止。倘若我要出聲，也必定是與洗手歌毫無關係的詞曲旋律。

曾經有那麼幾個月，竟感到手心越來越乾燥粗荒，不到兩個禮拜就使用耗盡一條護手霜。我抬起臉望向鏡子，低頭那刻，卻意識到自己的雙手還泡在水裡。

坐在候診間內，醫生在我的頭部和手臂貼上心跳與呼吸頻率的檢測器。「自律性神經失調蠻嚴重的哦，心裡有什麼煩惱無法解決嗎？」取名心晴的診所，配戴厚重近視眼鏡的醫生悠悠說，「洗洗手而已，這可能是輕微強迫症的一種，但是不需要擔心，只要按時服藥。我會把劑量開得很輕，吃了不會打瞌睡，你一定可以正常上班工作。」

服藥後的晨間工作時間，睡意尚未襲來卻感到身心飄蕩，彷彿去了無人小島。島上的我，仍是幼年時期樣貌，與母親乘坐舟船在樂園的漂漂河上漫遊閒晃。我閉上雙眼，再睜開。那是我從未去過的遙遠地方，我與母親各自乘坐於船的一端，船上無他人，倒是有許多細小什物。衛生棉、女用內衣褲、連身洋裝、蛋糕裙、粉紅色褲襪、螢光髮圈。那順勢的河流從原有的緩緩輕柔，瞬間變成逆流的奔放衝擊，小船載浮載沉，我竭力失聲喚著不知去向的母親。

漂流。

母親離家後，家屋淹了一次水。姑姑洗手，水龍頭沒關，滿溢的慾望與恨，伴隨著遺傳的因子，從浴室開始蔓延，爬進我的房間。所有的衣物都泡在水裡，我抱著膝蓋蜷縮於角落，這些湧入的潮水沾染欺瞞及謊言的氣味，回想起來實在太髒。

遠處傳來歌曲的前奏，我拿起麥克風，試圖要站上舞台接力演唱，並確保自己的每一個音符都在完美的五線譜音階上，這場表演不允許絲毫走音的誤差。

洗手歌。

記憶如潮水盈滿，佇立於水中央的我，不知於何時早已被水的愛與恨包圍。究竟是現實還是夢境。我反覆搓揉著自己的手心，越發乾裂的掌紋使生命線產生變化，嘩啦嘩啦，被水聲洗掉的童年記憶，透過破碎的泡沫再現還原於眼前。

拾起母親遺留於角落的衛生棉，洗滌初經來潮的鮮紅。水聲強烈拍打纖弱的長短句。重拍與輕拍交錯，除卻鏡中悲嘆的自己，再無其他觀眾。

水聲滔滔，在汪洋大海之中，祖母唱成了苦海女神龍，苦守祖父三十年，維持婚姻的表面和平與內在的自尊心，卻始終學不會那首流傳於大街小巷的忘情水。

家裡的大頭電視更換成輕薄的液晶螢幕，節目表與歌單也有了變化。

齊秦被火紋身，MTV音樂台消失去向，取而代之的是幼幼台播放給孩子們聽的巧虎洗手歌，我從浴室走出，甩動潮濕的雙手，聽見「洗啊洗洗手，擦啊擦擦手，大家笑哈哈。」活潑俏皮的音樂前奏傳來，我望向位於盡頭暗處祖母的房間，她抬起滿是皺紋的垂垮面容，發出微弱的氣聲說，「我要洗……手。」

一洗一世紀，還在傳唱的家族洗手歌。

那麼潔淨，那麼悲傷。

和秀子去旅行

「聽說秀子她先生死的時候，醫院離住家也不過五十公尺，她也不肯去見他最後一面。」

「哪間醫院？不就是走過長長的水溝，公園旁的新營醫院。」

我陪著秀子搭上名為長青婦女快樂出遊團的遊覽車，座位前方的駝背身影正交頭接耳用自認低頻的聲響聊著細碎八卦。

她們口中說的秀子，並非別人，正是阿嬤。

婦女團的成員很固定，大多是秀子以前唸長榮女中的同學們，又夾雜幾位地方鄰里，因信仰或地緣關係熟識的婆婆媽媽。隨著遊覽車駛進髮夾彎綿延的山路，前面幾排聊著耶穌阿門，後面幾位已經談到如來極樂世界。我感到有些暈眩，打開座位置物網內的透明塑料袋，深怕止不住的嘔吐感比下個迴彎更快襲來。

這班婦女列車，每年只開一次。首行時全車座無虛席，如今好幾個位置已是空蕩無人。有些阿姨熬得過蜿蜒難受的髮夾彎，卻逃不過各自生命裡的大路小巷。蕭媽在浴室裡滑了一腳，誰知道一路滑到西方去，沒再回來。廖伯母擁著兒子買給自己的平板電腦，夜晚邊散步邊滑遊戲，兩腿滑到公園湖水底，給水鬼捉走，家人搖旗在湖邊招魂吶喊三天三夜，不知去了什麼更遙遠的地方。

終於在不知道第幾個彎圈裡，我抓著遊覽車的椅背吐出幾小時前方才食下的燒餅豆漿。秀子給我拍拍背，幫我擦白花油，她說過了這山彎，山頂的風景才好，忍一忍很快便能看見。

秀子是唯一不談論八卦的女性。

出遊的時候，她總是看起來若有所思，也像什麼都沒有思考，年輕人俗稱的「放空」路線。只懂對紅黃的夕陽發笑或發呆，要不就是唱歌，陽光從車窗透進來的時候，隨著車身過彎搖晃的布幕擺動，哼哼唱唱一首傳統閃亮的日本民謠。

這些讀過初女中的長輩，多半熟諳日語，還能寫日語書信，聚在一起總說當年轟炸機如何迴旋低飛看似丟下炸彈，大夥兒手牽手往校園的防空洞裡避難。可惜我想像力實在薄弱，只能想到花園夜市裡油鍋上熱騰騰的轟炸雞，老闆總是全身流汗挺著個大肚子，在太陽尚未下山時站上搖搖晃晃的板凳，把一只直升戰鬥機掛在招牌高處，三十元左右的炸雞塊肉，這便是我的世界裡與轟炸機影像的唯一連結。

只有在秀子穿著日式改良的仕女訂製服的時候，望向淡褐色絲襪與洗舊發皺的皮鞋，或是老家沙發旁幾張褪色照片，我才能想像她從台南火車站跳起來一路踩著泥地狂奔的模樣。極短的耳上頭髮，未滿一百六十公分的纖瘦身形，比如那些被展示在歷史博物館玻璃櫥窗內，流亡時代的黑白照片。所有的乾淨與純真凝聚集中的時代，難以重返的質樸世界。

車窗外的樹木，黃綠交接，漫長停滯的深山公路啊，遊覽車輪番點唱台語老歌和日本演歌。所有的阿婆從背影望去，都是清一色微捲短髮，阿婆們站在遊覽車狹窄的通道中扭著身子，跳起舞來。

搖咧搖咧。

仔細端看歌詞或聆聽旋律，這些歌曲多半苦澀逼人，不是什麼〈可憐戀花再會吧〉，就是〈莎喲那啦阮的故鄉〉。

陽光從車窗的窗簾縫隙灑進來，我發現秀子眼角閃閃如光。她拿出手帕，擦拭眼角的什麼。也許是老人流眼油，也許是光線太刺眼了。

我想到電影《北京遇上西雅圖之不二情書》裡面，老奶奶返回中國大陸時，還帶著非親非故、毫無血緣的男主角。

奶奶性格膽小，總不敢一個人走。

沒有任何光線的深夜裡，她害怕走進黑夜裡，迎接老伴的死訊。

「你看，有蘭花，紫的、白的，還帶著水珠。」

「你看！這裡有賣四神湯。」

「你看！這裡有賣樂透彩。」

秀子所旅行的地方，總記得伴侶生活中的老習慣。

不敢在黑夜裡一個人走，只敢在回憶裡兩個人走。

三種解釋

有時候，我在公園旁的小吃店買完飯麵，見到同樣外出覓食的姑姑走在前頭，我知道自己不能開口喊她的名字，拍拍她的肩膀，或是經過身邊時對她露出微笑，如此合乎常理的舉動，都會驚擾她的世界。

她的世界有一套獨自運作的系統。

根據醫學的觀點，醫生說姑姑屬於強迫症類型的病患，持續的洗手，收藏廢棄過期的物品，以及害怕與他人產生肢體接觸。從奶奶的角度，她的女兒是報紙社會版報導的啃老族，自己賠本變賣所有的房產與股票，換得現金，每月為闖禍的孩子收拾善後。

有次參訪天文館之後，我為她的故事，找到第三種解釋。

在比雲端、星星更遙遠的範圍，愛因斯坦透過方程式的推演，假設其它時空區域的存在，將宇宙生成裡的黑洞，那些恍如夢境膨脹的斷片，命名為嬰兒宇宙。

姑姑或許是從某年開始跌入黑洞，她常於黃昏時刻在圓形的公園散步，若從看台由下眺望，公園的步道就像是一只時鐘，婦女、孩童或寵物犬，不知從幾點鐘方向，悄然走進這座沒有指針刻度的時間步道，他們的影子被黃昏的日照拖行，離開的時候，影子仍記得跟隨他們返家。

姑姑的影子，在一圈又一圈的步行世界，被時間吃掉。

失去影子，讓她變得缺乏安全感。她總是頭殼低低，眼睛瞪得圓大，望向自己的腳邊，像在尋找遺失的細小什物。

是黑洞。

一個白日消逝，而黑夜尚未降臨之前的時間裂縫。

裂縫隱密地開啟，又再度無聲關閉。影子墜入裂縫所開啟的時空內，於時空中進行無以名狀的旅行。在我們無法遇見的畫面，她還保有拿起水彩顏料作畫，自麵包店給家人們買回紅豆麵包，或是聆聽一首流行情歌的習慣。

我相信裂縫的存在，它們在很多地方被各種人物經驗著，比方野比大雄的抽屜，哈利波特的九又四分之三月台，蝴蝶拍動翅膀啪答、啪答，在大腦的神經和血液流動處展開不同的震動幅度，在海馬迴處遊蕩與等待，製造偶然的巧合。

我想，墜入時間裂縫的姑姑一定很害怕。

她在廁所的水龍頭前待上數小時，用透明的水洗滌手指的髒汙，混入排水孔的泡沫裡，卻沒有任何油漬經過的痕跡，難以計數的洋流穿越手心，掌紋也跟著消磨溶解，更改命運的去向。

幾次我和弟弟們使用廁所，發現地板上一攤黃色的液體，隨著騷臭的味道往上冉升，飄散瀰漫於空氣，我意識到那是來自人類所排放的尿液。姑姑害怕馬桶椅墊，她和物品保持距離，也給我們和她劃出界線。

一泡尿換得一間屋，奶奶買下同社區的小套房，讓她獨自居住。

月曆上的最末週是黯淡的時刻，我們必須帶著拖把和垃圾袋前往同社區隔壁棟的住戶，為她打掃客廳及倒垃圾。奶奶曾將任務委託給專業的清潔公司，幾個大嬸起初還笑嘻嘻的搭乘電梯上樓，數小時後，她們的臉色比推車上的穢物還臭。

氣溫驟降的秋夜，姑姑披著毛毯坐在社區中庭發呆，奶奶吩咐我們為她添購保暖的羽絨服或毛呢外套，她堅持前往自己記憶中的大型成衣店，搭乘計程車抵達熱鬧的城中街口，我們望著眼前的連鎖蛋糕店，她滿臉疑惑地詢問我先前的服裝店去了哪裡？

連服裝店也消失在時間裂縫。

在幼年的記憶裡，姑姑曾在街角的服裝店給我買印有卡通圖案的棉製上衣，以及兩雙愛心造型的襪子。她笑得很開心，我卻因跌倒遭到挨罵而哭起來，像漫畫裡的丑角，哭出兩道顯眼又愚蠢的淚痕。

她拿起水彩和廣告顏料在白色的圖紙上，畫出各種人物，無論是奶奶喜歡的觀世音像、九〇年代的影視歌星，連嘴角或眼神的細微處都描繪得令人驚歎。我們會在夜晚跟著電視裡的劉德華一起唱〈忘情水〉，〈謝謝你的愛〉，我懷抱姑姑的畫作感激地回到房間入睡。

這些時光如同霧中風景，也像落入杯底的沉澱物，終究難以辨識。

姑姑在黃昏的公園裡變老，奶奶也不再流出眼淚，臉頰多了象徵老化的淚溝，將臉皮喪氣地往下拉扯。

黃昏的日照因天氣和濕度的差異，總是變換各種色調，橘色、黃色，昏暗的紫色，由月至年，從遠遠的斜角照映著坐在公園涼椅的姑姑。斜陽自身上走過，她的臀部不知道在什麼時候透過久坐而發酵，成為紅豆麵包，甚至方塊吐司的形狀，如同等待甦醒的麵糰，透過溫暖的烘培，迎接熟成儀式。

在她跌入黑洞的幾年前，爺爺連皮箱都沒帶就離家出走，按照現在流行的說詞，就是和小三或小四同居，奶奶關上大門對姑姑搖搖手說今生今世都是空。

自此，她成為奶奶負罪感的繼承者。

奶奶在客廳等待不回家的先生，姑姑在公園等待回家的爺爺。

逆向走進公園的步道，迎來甜蜜約會的年輕男女，爭吵的夫妻，彼此靜默的老人，我想起姑姑似乎從來沒有談過戀愛，關於情事，房間牆壁上的小虎隊海報，抽屜裡的幾張金城武護貝照片，如少女般純潔的綺夢，是接近她內心情慾的唯一線索。

醫院的照護員到姑姑家中幫她洗澡，拿出一張金城武代言咖啡廣告的明信片，並且安撫她將衣服脫去，蹲在澡盆內，乖乖沐浴。

我聽從照護員的指示拿來紙尿褲和乾淨的內睡衣，蓮蓬頭的熱水沖下她的身體，白騰騰的煙霧繚繞在浴室，蒸氣籠罩姑姑的背影，朦朧之間，恍如當年少女的模樣。

在我們無法觸及的，另一個寂寞又安靜的平行宇宙裡，不知道金城武是否騎著腳踏車穿越公園，在翠綠的榕樹底下，曾經分給姑姑一杯甜膩或苦澀的咖啡呢。

女子漢

失戀家族

舅舅們結婚後，房間逐漸成為儲藏倉庫。

廢棄衣架、破洞的床單各自沉睡在角落，牆沿與床鋪之間卡著一台老式電子遊樂場的水果盤拉霸機，不知道從何處搬運回來，被灰塵覆蓋的螢幕，隱約可見仍停留在數字、水果和星星的定格畫面，像被按下暫停鍵的電影，失去運轉與播放的機會。

霉氣飄散的房間，還存放其他更為荒謬，各自毫不相干的什物，櫥櫃內存放大舅的離婚協議書草稿、三舅的相親照、淘汰轉型成抹布的四角內褲，發酸變色的橙果……這些與情愛和生活相關的物品，並不受壁癌旁早已停止行走的時鐘所影響，持續以一種隱蔽且不起眼的氛圍，記錄他們的人生狀態。

年節返鄉，母親整理冰箱，把過期的罐頭和鮮奶丟在地板，並低聲於我耳邊表示二舅從Facebook的網絡圈，透過朋友的朋友的朋友看見初戀女友的照片，我瞪起眼睛繼續追問，他們是否在名單列表加入彼此為好友。

坐在餐桌旁的外婆，吞食著綿羊造型的糕餅，剛開始是兩只耳朵，圓滾的尾巴，最後整隻動物的身體都溶入口中，消失不見。

「啊，好呷。」

溫和柔順的羊不會發出躁動或反抗的聲響，就像三舅。

長輩依循面相學或家世出身，替他過濾相親對象，擺放在桌面中央的兩張女性照片，已是刪減後的精華。

只有二選一，Yes or No。

三舅向她們其中一位發出交友邀請。

戀侶的起點多半是戲票，票券的標題名目可以無限延伸發展，包括電影、舞台劇、演唱會、遊樂場，喜好動物的就去動物園，偏好植物則選擇植物園；三舅和他的未婚妻推開昏暗的戲院大門，走入明亮的喜宴會館，戲票尚未被資源回收車載走，婚宴賀卡已印刷輸出。

喜宴日，所有賓客和三舅一起品嘗甘美的鮑魚龍蝦和遲來的初吻。

他倆甚至沒有真正約會過。一男，一女，一個電燈泡。我拿著爆米花和可樂跟在後頭跑，偶爾是外婆，我們在小鎮的二輪戲院與餐館伴吃伴遊，被撕去截角的戲票並非愛情來過的痕跡，但肯定留下開銷的證明。

外婆拿出放大鏡在日曆紙上，核對金額和支出項目，禮車出租、梳化服裝、花籃水果，甜膩的喜糖讓牙齒發出痠痛的警訊，我捧著腫脹的牙齦，將喜糖依照顏色作分類，綠色、粉色、紅色，各自成堆，雖然糖果的本質都是帶有咖啡香氣、乳膠狀口感的太妃糖，透過將其拆散、區分的過程，使我意外獲得一種安心且滿足的滋味。她發出哎唷喂的叫聲，將喜糖重新打散，綠色配粉色，紅色配綠色，將顏色弄成一場混沌，指著狗臭屁的配色，說這樣才美麗。

婚宴節目的安排，毫無邏輯性可言，小菜上桌時，必須欣賞男女雙方從嬰兒時期至今的投影照片，通常會取名為「成長點滴」、「我的成長之路」等影片名稱；宴席之間，大夥拿起湯筷吃湯圓或腰果、滷花生、牛蒡絲，往透明的圓形玻璃杯倒進麥茶跟廉價紅酒，欣賞大屏幕播映，三舅的露鳥童年；其後，塞入極貼身晚宴服的舅媽從二樓的升降台緩緩降落，在閃亮的燈光底下，高聲唱誦外語歌劇，隨著刺激起伏的音律，滾燙的佛跳牆和肥蝦也上桌了，主持人用台語高喊「水啦，水啦」，若他們的初衷是以中西美學作為籌辦婚宴的概念，那麼確實挺成功的，那夜我還吃到龍蝦佐吳郭魚，紅酒燉豬心等奇怪的料理。

在敬酒儀式時，所有人朝向舞台高舉玻璃杯，我聽到早已喝醉的大舅用茫然的聲音喊出：「生日快樂。」

大舅的離婚協議書，擬了兩三次，始終缺少什麼條件而無法正式定案。畢竟我還沒有跨入婚姻的領域，那些繁雜的條款細節就像保險合約一樣充滿難度，在加減乘除的固定公式之外，還有人心的算計與安排。

相較三舅的矮肥短，他腿長、鼻挺，總是穿著青蛙、麋鹿、海鷗等動物名牌的休閒服，開口幾句就讓女孩子們笑得比花朵還放得開，他不用發送交友邀請給任何異性，往往總是對方主動找上門來，當年大舅媽從登山社的聚會解散後，還沒換下運動鞋就一路追上門來。

後來又出現了另個穿高跟鞋的女人，大舅被追得太緊，終究無路可走。只有二選一，Yes or No。

他的兒子很少喊他爸或父親，與其說很少，應該說是不曾聽過。

在家族系譜的記載上，表弟選擇跟從母親的血緣。大舅的父親身分在他青春期的時光裡，像沉沒海洋的船隻，出海後就一去不復返。他獨自陪伴遺留島上的母親度過漫長荒涼的歲月，隨著骨骼身長越發健壯，碩大厚實的手臂、喉頭低沉的嗓音，他漸漸變成自己父親年輕時的模樣，以成熟男性的形象，開始於情愛世界裡遠航，尋找一個彌補或足以取代父親角色的對象。

「交女朋友沒？」大舅問不出答案，便派出二舅探聽真相。

搖搖頭，揮揮手。除了安靜，這就是表弟最多的回應。

他遺傳父親的微笑和長腿，修長的身形給自己和他人拉出一道長長的陰影，恐怕不是穿著運動鞋或高跟鞋的女性能輕易跨越，沒有起跑線和終點，甚至缺乏競爭的賽場，在每個象徵團聚的節日，他和母親，在小小的孤島上懷抱彼此，於他們的租屋處慶祝父親節或吃年夜飯。

抱持獨身主義的前大舅媽，在小鎮上唯一的百貨公司上班，給珠寶品牌當店員，「我很好，現在很好，真的都很好。」我陪母親去挑選首飾，她遠遠就朝我們招手。

「這款漂亮，那款高貴。」她笑嘻嘻地拿出幾組放著光亮的戒指和耳環在黑色絨布上展示。她的語氣熱情洋溢，和表弟的態度相比，是一個全然相反的對照組。

作為女性，外婆和母親似乎對她有一份虧欠，即便沒有任何購買的理由，偶爾也繞去店鋪逛逛，閒聊幾句。

自她上揚的眉毛和俐落的手腳，我意識到一個名詞，叫作女人的自尊心。而新的大舅媽所擁有的不只是自尊心，肯定是美少女戰士的追隨者，而且還是特別忠誠的類型。比起夜市商圈，她尤其喜歡去這家百貨公司消費，連端午節的家族聚餐也將餐廳訂在此處。

中斷的家族血脈，她靠隆起的肚皮，進行續建。

小鎮盛產蓮花和蓮子，二舅帶著外國客戶，用英語解說大憨蓮、香水蓮花的季節性和特色。

由他發送給初戀對象的交友邀請，恐怕和蓮花效應一樣，表面以「好久不見」般純潔的問候，進行著泥地下錯綜複雜的感嘆及心思。

幾個月，那些年，對方遲遲未給予回覆。

沒有二選一的機會。

事實上，他是家族內最早擁有過婚姻紀錄的人。

取得畢業證書之後，當兵入伍以前，短暫的半年內，和同所學校的美籍華人女子在戶政事務所簽名蓋章。

家族把鄉下的路肩裝滿鍋碗和吃食，用帆布、圓桌和塑膠椅，擺起整條街的流水宴席，作為喜酒，為他們慶祝。

二舅的年輕妻子，即是我們現在俗稱的ABC，也不過二十幾歲，也許沒弄明白台灣人所謂的結婚到底是怎麼一回事。先生穿上軍靴，前腳踏進部隊裡，她也提起皮箱和婆婆道別，搭乘飛機回到美國唐人街的老家。

大頭兵的日子裡，他年輕的傲氣被軍隊規訓得服貼妥適，少了大頭症，外婆卻在懇親時帶來令人頭大的消息。

他的初戀對象，透過自由戀愛並且合法結婚的妻子，成為外婆口中雷公仔點心的女人，寄來訴求離婚的信函和美金支票，作為悔婚的補償。

「這就是我們那一代，傳說中的兵變。」母親忿忿地對我說著。

她還吩咐家族內所有兒孫輩，不能在二舅面前使用韓國手機，聽韓國舞曲、欣賞韓國影劇。

我躲在客廳沙發的角落，用手機螢幕偷偷觀賞韓劇，故事裡的男主角，從春天的華爾滋，夏日的香氣，秋天的童話，直到冬季的戀歌，撕心裂肺，一哭就是四季。

我拿起衛生紙抹去眼角的淚水。

原來，他的妻子，就是這樣陷入阿里郎的眼淚與迷情。

退伍後，二舅成天泡小鋼珠店，或到電子遊樂場玩吃角子老虎、水果盤拉霸機，這些意義相同的賭博性電玩，無非是將希望寄存於投幣後的剎那，出現奇蹟式的排列組合。

Yes or No。

二舅等待多年的答案，像候鳥遷徙，飛過天空，不留任何痕跡。

他在空中拋擲一枚錢幣，正面、反面旋轉著，錢幣在地表滑行滾動，滾入深不見底，黑暗的排水孔洞，被流水和泥沙覆蓋。

關於愛的習題，無解。

他自遊樂場搬回遊戲機，不停在房內嘗試數字、水果和星星連線的可能性。從厚厚的灰塵底下，尚能見到連線失敗的組合。

沒有人清楚二舅最終是否放棄或難以信任自由戀愛的結果，只記得他選擇繳交萬餘元給婚姻介紹中心，帶回一位和自己年齡相近，容貌秀麗的女人。

時間感被各種節日的應景食物所提醒，粽子、月餅、火雞、潤餅、元宵、年夜飯，家族內更小的孩子們吃下狀元糕，考取良好的學府，在長輩的祝賀聲裡，迎接成年儀式。

而家屋門前的樓梯，多了數盆植物，大舅、二舅、三舅一起用雙手把外公的骨灰罈送去殯儀館的永生堂，換回馨香的蘭花。

外婆每日早晨醒來後的第一件事，便是給蘭花們澆水，再修剪院子其他的草木盆栽，她常常向蘭花自言自語，不知說著什麼祕密。

我和母親從來不曾偷聽。如同往昔，她和外公隔著輕薄的木門吵架，所有人總是假裝對其內容毫不知情的模樣。

和父親分居後，母親便把戶籍遷回南部小鎮。

家屋內的男人們都離開了，走向死亡，或走向另一個家庭。

午後的時光特別緩慢悠長，外婆坐在沙發上打瞌睡，卻不肯放過手裡緊握的遙控器，電視機仍重播著昨夜充滿歡笑或咒罵的台語長壽劇。

夜晚，我與母親、外婆，三代同堂一起睡在大通鋪，從美容話題聊到家族的感情婚姻。

母親說三舅自通訊軟體發來求救訊息，抱怨自己的妻子已經兩個月不和自己說話。她的聲音顯得有些哀怨，「這真是個感情失敗的家族啊。」

我說怎麼會呢，頂多是失戀，沒什麼大不了的。

寧靜的深夜，從遠端傳來壁虎響亮的叫聲。我隱約覺得倉庫窗外的蘭花隨著風的律動，搖擺著花朵和葉片，像是與我們回應。

家族的情史，一一收納於倉庫的各個角落，厚厚的灰塵是覆蓋生命的被毯，遮蔽所有記憶的痕跡。

當新年到來，陽光爽快地灑進屋內。在光的照耀中，灰沙似金沙，金黃色的懸浮粒子飄散於空氣，給家屋帶來些許溫暖的氣息。

外婆命令我打開窗戶，我對著耀眼的陽光，說了聲：「Yes。」

衣二三事

這跟使用什麼品牌，以及舒適程度如何無關，而跟驚訝、難為情比較有關，當過年返鄉看到你的下身包著一團濁白色的紙尿褲時，那皺巴巴的塑膠貼面和微黃的C形邊口讓我好幾次試圖把視線移開，但不知為何努力無用的結果竟是沒有禮貌地繼續朝著那團若似陌生的不知名物呆看。

「紙尿褲。」老爸指向木板門後的角落，示意我從那堆由過期雜誌報紙組合成的小山丘的頂端取來他口中所描述的物品。

即使我相當清楚雙手上提著的那包長形塑膠袋內盛裝的內容物，並非兒時曾使用過的小淘氣或幫寶適嬰兒紙尿褲，然而一種無法言喻的怪異感像是吞嚥不完全而卡在喉嚨的藥丸，令人整身持續緊張難受。

睡床的邊緣和角落隨意放置著幾條濕潺散發著騷味的白色棉褲，我在心中揣測那幾條尿濕的睡褲是否真是你於這幾夜所換下的？當我站在未滿五坪大的木板小房想到一個夜不能寐的老人，於深沉的黑暗中是如何忍耐那幾次過於迅急的尿意，對於你，它們就像突擊部隊，來得太快也太猛，而你空有雙手卻無處可解。

那雙如今無法解尿的手此刻正在我眼前彼此相互搓揉，像是為了什麼尚未完成的事感到不安。搓捏了許久之後，你起身說要換衣服到後院去，桶子內的衣物早已積了整整半月，倘若再不清洗就無衣物可更換了。老爸攙著你從床上起來的時候，我已走向房間角落的衣櫃，試圖在那些披掛於床鋪椅背染有黃色尿漬的下褲之外，能翻找出一條乾淨的長褲給你換穿。只是，打開衣櫃後的我，望著眼前多款西裝外套和觸感舒適的針織線衫，它們乾淨而充滿著品味與質感，這些與眼前的你已看似不相干的衣飾，卻是過去的每一個你停留在我心中的形象。你的衣服很多，從領帶配件，襯衫袖扣、絲光棉料的柔軟衛衣、線條襯衫又有數十種不同配色材質，春夏穿的薄羊毛料西裝，或冬天的毛呢料大衣，幾件打著不同折度中腰的西裝褲，以及幾頂細格紋畫家帽。

以男人來說，沒有人比你更愛美了。

而此時你靠著銀色框架的ㄇ型助步器緩緩朝我走來，每抬起助步器一次對你來說都顯得有些費力，兩隻纖瘦又無力的腿，如初學步般的幼兒小心移動，抖著晃著終於來到衣櫃面前。「洗完衣服後想去附近的文化中心走走。」你說。於是我遞給你一件深藍色打折的中腰西裝褲，老爸和我合力一人一腳幫你從褲管口處、小腿、大腿將整件褲子穿套上，但腰部卻鬆垮著卡在髖骨下方的位置，看起來就像年輕人故意穿著比自身腰圍大幾號的流行垮褲。

「唷唷唷，阿公跳嘻哈，帥喔。」我打趣說著。

旋即，老爸一手掌在我後腦勺巴去。「這麼久沒見到長輩還這樣沒禮貌！」胡言亂語還是奏效了，返鄉兩三日後，你終於露出笑容，問我現在是否流行穿這樣低垮的褲子。從小我很少有機會和你這樣面對面說話，那雙眼睛已被皺紋牽拉成八字的形狀，垂頭喪氣地望向我，即使眼白顯得濁灰而毫無光澤，但直挺的高鼻子還是讓我能回憶起，在背部駝去之前，身著深色窄領西服風度翩翩的你的模樣。

你的妻同時也是我的阿嬤向我洩漏，當年自己就是傻乎乎地被你的外表和那幾紙「老虎雷達」（Love Letter）所誘騙，而你們倆每逢吵架鬥嘴都要搬演一次虛張聲勢的戲碼來嚇唬彼此，各抓一個兒孫輩在手邊指著對方的鼻子喊，其他人也只好跑龍套配合即興演出。你的妻指責你偷走了她去日本賞櫻時購買的刺花手帕，而你怒吼著每一個西裝領帶的金邊領夾全都從房內憑空消失了，這種戲碼年年不換，反正演得再長再久似乎也從沒想過會有謝幕的一天。雖說是歹戲拖棚，但我們總是比較護著你的妻，不因為她是女人，而是我們都知道那條刺花手帕去向的祕密。

在你尚且不需穿戴紙尿褲的好幾年前，仍是身強體壯，骨骼硬朗之時，你在衣櫃的抽屜裡私藏了本存簿，它被謹慎地安置在衛生衣的內層口袋，那本簿子裡夾了數十張人民幣鈔票，你就像個幹過情報的老間諜般，擁有出乎常人的忍力，每月只存放五張鈔票，等待數年之後，拿著厚厚的紙幣和皮箱搭機飛往對岸。

是的，你總是說落葉歸根，我們都明白離鄉背井之人渴望返鄉的心。

只是如何也沒想到那條刺花手帕也悄悄地被安置在皮箱內，一齊飛往對岸。你將妻子最喜愛的紀念之物轉送給故鄉那位有名卻無實的，另一個你的妻。在某次夜裡你跌倒送醫，護士為你換穿綠色手術服，斥令你取下手上的白玉戒指時，你抓著我老爸的手，吞吐說出了這個祕密。我們領著你的衣物坐在恢復室外的長椅等候，長夾克的口袋滑出了記事簿，我與老爸翻開一看，魂已逝，回鄉路已斷。你以黑色原子筆潦草寫著看似哀慟怨恨的句子。

護士小姐端來銀盤要我們取走你脫下的物品，望著那只白玉戒指，我和老爸沉默許久。你住院的那幾天我們為了拿取換洗衣物，打開了你衣櫃裡的抽屜，於是發現了那本埋藏於衣服與衣服之間的祕密，老爸打開存簿，一邊對照著領款時間與你過往幾次飛往對岸的航班時間，當存簿越翻越多頁，我發現老爸的眼眶已經紅了，而我當時還不知道，他並不是因錢而激動。

「你阿公那個白色玉的戒指是誰買給他的？」

「他說……他要保身啦，什麼安身保命用的。」我支吾地亂答覆。

「笑死人。他就是半夜要尿尿來不及走到便所，走得那麼趕才會跌倒啦，啊是要保什麼身？那天還是我去扶他，照顧他一整晚，到天亮耶我都沒睡，叫你爸爸不要他吵什麼就買什麼給他，那麼老還那麼愛漂亮，能看嗎……」

你的妻滔滔不絕地在我眼前說著。其實她並沒有打算真正追究那條刺花手帕的後續去向，她還在戲裡，這一場開始後就沒完沒了的戲，只是她全然不知的是，關於手帕和戒指的戲碼，這次她竟也成為和我們一樣只是跑龍套的臨時演員，而主角是你，和另一個對我們來說無實無名的不在者。

而此刻的你已梳理好了頭髮，灰白的西裝頭看起來別有一番風味，老爸取來了寬版皮帶把低腰鬆垮的西裝褲向上拉起，讓它們被束綁在原本應有的腰部的位置，你披上毛呢大衣持著助步器緩緩朝客廳移動。老爸吩咐我把地板上幾個用過的紙尿褲，打包裝進垃圾袋，過年期間的垃圾車可不是天天有的，一旦錯過這屋子又要臭好幾天啦。

我雙手提著兩包垃圾，內裡均是來自你的屎尿，在追趕垃圾車的路上，車體傳出〈給愛麗絲〉的鈴響音樂，奔跑之餘我在腦海中開始想著該如何長期隱瞞你以刺花手帕交換白玉戒指作為定情物的祕密，但不停跨步移動著的我，此時只聞得到陣陣傳來的屎糞之味。

物種日誌

整理中藥標本的第三日，暈眩、噁心、雙手顫抖的這些症狀開始找上我，城裡的最南區人煙稀少，而獨立於山腳下的文物工作室平常更是鮮少人經過或參訪。搓揉著疼痛的太陽穴，我繼續將手邊的哈士蟆平置於玻璃檯面，準備進行綠線掃描和後設資料的登錄，蟆與我對眼互望，牠闇黑的肚腹鼓大，似飽餐一頓後胃突起的側面，極細長的雙腿如樹叢旁的幾只枯枝或是炭筆的筆芯，只要多出點力，雙腿一斷，牠在記錄簿上的資料就會多登一筆，變成瘸腳蟆、單腳蟆、殘障蟆等。

蟆的睡房，是一個木製小盒，與其說睡房不如說囚禁屋。文物室內的所有標本都有個人專屬的囚禁處，由專業人員為牠們量身打造訂製，長、寬、高各多少釐米，扣除四邊些微的碰撞空間，看起來十分合理、安穩妥當。綠線掃瞄的光束穿透蟆的表面，在微微發亮的玻璃彼端，牠的雙腿投降般張開，光線行經身體的時候，電子跑馬燈顯示出肚腹的寬度、身長的高度，略為扭曲的腳爪，因無法平放的緣故，往檯面的兩端四散，左爪末端破碎，硬脆的幾粒碎片有點巧克力片還是老鼠屎糞的形狀。

撫摸著木盒的紋理，咖啡色澤的木頭外殼還漆有一層透明的膠膜，按照往常判斷，這製作於防水用途的膠膜，足以防範水的潑灑，手中這只蟆的睡房還標示著：蛙科Ranidae。編號R.1031。

記下編號，抄寫數據資料時，我以餘光發現十月三十一日該天的工作表是空白的，沒有研究物種、後設數據、掃描器的開關時間也未有任何加載記錄，同事小林於細長的欄位頂端以紅筆標寫一個缺字，我焦急地打開鐵櫃內上鎖的其它木盒，試圖於編號的序列之中，推算出該日漏寫的物種，羚羊角、水蛭、鹿角、牛黃……在翻找眾多物列裡，敲壞了兩個鎖頭、打翻數只玻璃皿，仍無法尋得缺失的物種，我逐漸失去耐性，甚至興起了隨意找任何它個物件來替補的念頭，佯裝該日工作進度準確完成、僅是尚未登錄的理由，好讓自己從小林那監督的眼皮底下矇混過去。

窗外的天色暗下來，我打開破洞的紗窗朝外望去，四分溪的河水緩緩向遠方流動，水流越來越緩慢稀少，除可見泥底，已經不見鷺鷥、小魚的蹤影，白日還是青綠色的橋沿此時在黑漆之中看來有些慘暗，不知道是壞損多時，抑或時值限電週期，椰樹旁的整排路燈均熄滅了，在漆黑密閉的方形室內，覆蓋著濃厚藥水味的標本，竟肆無忌憚地流出它們體內的腥臭。將兩個鼻孔開闔呼吸，那腥味便進進出出、逐漸加強的往腦門深處衝，俯身打開桌燈，幾隻紅螞蟻爬上木桌檯面，嗅了嗅左腿斷裂的哈士蟆，又一陣觸角碰觸，不知道吱嘰溝通什麼，如態度惡劣的奧客，頭也不回走掉。

突來的頭暈讓我得扶持著桌面和椅把才能順利坐下，戴回半透明狀的塑膠無塵手套，將哈士蟆再度放回牠原來的木盒居所，牠的雙眼緊閉，不，應該說看不見他的眼珠子，這類冰涼的怪狀死物向來並非我所懼怕，但那木製小盒的長形邊角以及標本敞開的安躺狀態，卻於我開眼闔眼的瞬間，或晨起欲醒的前刻，屢次突擊、震嚇我。

是棺材。

那只淺咖啡色帶有亮光漆面的巨大木頭盒子，被放置在運送貨物的藍色手推車上，並以極其奇異的行進方式被推動前進，你的雙腿如蟆狀，無肉也無筋，唯存的兩條骨已乾瘦得趨乎枯柴，我看不見你的眼珠子，捧著花籃的我，循棺材路線由首至尾端繞場一周，大家從我所持的籃內奪去數朵紫花，丟灑於你的臉鼻、頸肩、手肘、雙腿乃至腳底，這只木盒長、寬、高竟是如此恰到好處，扣除掉些微的幾公釐讓花朵有被放置的空間，除此之外無它，任由你的身軀將其占領。

於夜燈下，我繼續登錄蛇蛻的資料。眼前乾燥如煙圈，摸起來邊緣硬脆的立體物為蛇所蛻下的皮膜，旁邊有著小林已拍攝好的幾張照片，他把相機的曝光值調得過高，原是菱狀交織的圖騰，在圖像顯影上居然呈現直線的走向，蛇的皮膜很長，若將好幾只蛇蛻攤開平放，很可能從文物室門口一路延伸到舊庄山腳，然而算計蛇蛻的長度只要交付給電子儀器即可，掃描機的功能性總是超過我和小林所想像的強大，唯無法記錄的是表皮或乾或硬的詳細程度，需要以手試探、觸摸。

面對這些過度乾燥的表皮，我要求自己盡可能作到忠實於原貌的標準，長度幾尺、厚度幾尺、硬度如何，而面對你卻無法以同樣心態執行，雖同如標本狀態，不顧一切的敞開安躺，還是安排禮儀師為你上妝，選BOC-1色號的粉底，紅潤卻偏黃的色調，為的是使氣色不致太差之餘，尚保有不刻意的自然感覺。可惜全然失去水分、油分宛如蛇蛻的臉頰上了粉後，仍有太多裂痕，困於長期工作鮮少有休假機會的我，像是去欣賞一場毫不相干卻已買票進場的藝術表演，悄然無聲地佇立於舞台邊緣，不敢碰觸你的身體，持續看著你的嘴保持微微開放的張口狀，是吶喊嗎？

你在生命最末的日程內，曾一口氣連吞下三顆皮蛋。護士小姐說你吃到整個肚腹鼓鼓的，眼睛也因飽睏瞇了起來，難以張開。手指在空中不停寫字般胡亂比畫，護士以為你還要多吃幾顆蛋，於是趕緊剝殼準備餵食，但你不是我眼前這些蛇、鼠、蛤蟆吞食類動物，她怎會對一名年逾九十的老人有如此誤解？

舊庄南區入深夜後，似無人廢城，過度彎曲的車道時有幾名重型機車騎士以膝蓋擦觸地面，或讓車身磨出金紅色的火花，用來競爭炫耀騎車的高超技術。在猛烈的催油門聲響漸漸傳來之時，我將木桌上的幾個標本盒子上鎖，準備關閉電子掃描器、將玻璃皿、放大鏡、無塵紙收回櫥櫃內。

當翻開行事曆與工作日誌相互對照，我倏地想起工作日誌上空白的該欄位。

那一日的物種記錄，是羚羊角。

就在同事小林頑皮地拿著羚羊角戴在頭頂兩端嬉鬧的該日，我不停對他表演的牡羊座、山羊佬、羊咩咩等角色頻翻白眼，氣憤的小林在我眼前來回奔跑，嘴裡喊著趕羚羊啊！趕羚羊啊！

他嘲笑我的不解風情和缺乏幽默感，我只是無奈地表示沒有那樣的心臟可以承受摔破羚羊角標本必須賠償的準備。說穿了我只是個比較高級一點的打雜工，或技工。而這些中藥標本充其量也不僅是展示罷了，能有什麼實在用處？終日拿著小掃具清潔標本死角所積累的灰塵髒汙，戴無塵手套搬動不知名的物種死體，甚至某天準備被掃描器的強烈綠光閃壞眼角膜。

該日來自醫院的電話，停止了我與小林的笑罵。掛斷電話的我，安靜快速地把手套和工具卸下，脫去工作靴，換穿外出服的裝束。小林幾次呼喚，也得不到應聲。直到他走過來拍我肩膀，我忍不住大吼他一句，便頭也不回的離開文物工作室，朝馬路口奔跑招攔計程車。

在南區的工作室待了好幾年，一直不覺得這份偏離市區的工作和現實生活有什麼太大的連結性，沒想到這一對屬牛科的羚羊角，終於讓我有和真實世界接軌的感受。手持花籃的我，望向家族內的幾個父叔輩成員，排列擁擠似蟲狀，清一色的白衣底下，你推我擠、互不相讓，或大聲咒罵、推卸責任，原來人生真有如此羚羊時間，兩角彼端，各執左右，無情無言。

我於空白的後設資料欄位上填寫，Saiga，羚羊角乾燥品。並於下方的出席狀況補寫：喪假一日。對象：祖父。

走向木桌後方的長形櫥櫃，我看見那對羚羊角還以粉乳色帶有光澤線條感的曲狀向上延伸，敞開的木盒裡鋪有奶白色的緞面絲綢布料，就像一張舒服安適的床，我將它自櫃中取出，以無塵布擦拭櫃位的內外端，角內如螺旋狀無限蔓延開來，如一只老式話筒，我對著空心的左角洞口說話：喂……喂……

風自紗窗的破洞處吹進來，桌上工作日誌的紙頁被吹得唰唰作響，此時連工作室內的燈也熄滅了，暗黑裡，我彷彿在放下那對羚羊角時，聽到嗚咿、嗚咿的聲音……

輯三　女子朋友

女子朋友的小盒子

「將厚紙板沿著虛線對折、裁切，四邊的對角連接處用雙面膠黏住，再用黑色顏料筆在右側畫上長方形和小圓做一個門，好了，大功告成！」妹拿給我看一個像是小學生勞作的作品，我問她這是什麼呢？她說，辦公室的同事們五個之中有三個都住在這樣的小盒子裡，了不起最多六坪，小一點的就像她的租屋處，只有三坪多，塞入床鋪、書桌、衣櫃，剩下的空間只能原地自轉一圈。

我腦海中浮現三個在小盒子裡原地自轉的少女，想像著由上往下看如同機械音樂盒內的芭蕾舞女娃，原鄉遙遠的上班族女孩們，夜裡睡在各自的小盒子，同時也被稱作小套房的地方。和妹共同生活的那段時間，房間天花板偶爾有咚咚幾聲，大概像幼童快速跑走那樣的頻率，「是老鼠！」我穿好拖鞋，緊握曬衣竿，視線死盯著牆角，深怕天花板隔間破洞，要開始打地鼠的遊戲，而濕冷的冬天來臨時，才發現牆壁不是由水泥蓋砌，而是木板漆上白色顏料。隱藏了整個夏季的祕密，終究在寒流來襲時露餡，水珠從牆沿流下，整個房間正在融化，我們打開除濕機，蓋緊棉被，反覆閉上眼又睜開眼，等待天亮。

走出小盒子以外的世界，是老舊的傳統菜市場，蔬果攤、豬肉攤、魚販、包子饅頭店，中間穿插著一兩間有旋轉霓虹燈的按摩美甲店，行經這些商舖到捷運站約莫花費五分鐘的時間，我們搭上藍線捷運去工作，在復興站各自換車，這裡有台北捷運最長的一條手扶梯，照理說它的廣告費用應該也很可觀，「海洋都心，小資買得起」。妹妹望著大幅的房地產廣告問我，「小資是指我們嗎？」我說，「大概吧，不知道多少錢呢！」妹說，「海洋都心旁邊至少不會有菜市場吧！」我看著海報上穿著白色西裝禮服的全聯先生左手拿鑽戒，右手拿爆米花，眼睛瞪大嘴巴張開呈現驚訝狀，安迪．沃荷說每個人的一生中都有十五分鐘成名的機會，可惜台北的手扶梯移動的速度太快了，搭至頂端我察看了手錶，時間過去不到十分鐘，還是沒能記住全聯先生是單眼皮還是雙眼皮，還有海洋都心的詳細地理位置。

安迪．沃荷的名言仍有幾分道理，在快速、炫目的巨幅廣告中我還是記住了一條關鍵詞：「小資女孩」，指的就是我和妹吧。我們時常共吃小份的外賣餐食，買窄版尺寸的平價服飾，時而快樂時而憂傷的用鉛筆記錄著小本存摺內的數字，繼續住在菜市場內租來的小盒子裡。

妹是物慾極低的人，總能查詢到免費展覽、免費接駁巴士，至飯店或講堂聽周刊雜誌舉辦的活動課程，上陽明山賞花，去三峽逛老街，花不到百元。然而免費巴士排隊的隊伍往往長得嚇人，尤其是週年慶期間駛往百貨大賣場的，像蜈蚣組團參加拔河比賽，婆婆媽媽小姐們像吃了周星馳電影裡唐伯虎賣的藥，不笑不走路，站在原地苦等；此外有些巴士人潮稀少，搭乘地點也較隱密不起眼，這類巴士的設定取向，通常是開往醫院特殊治療部門，時段固定、班次較少，乘客多半是拄著拐杖行動不便的老者，臉色黯然的長期洗腎患者、執行放射研究工作的技術師、實習醫生或護理人員等等。

城市如此便利，在眾多免費享用的項目裡，妹卻在春季獨自搭上這班開往醫院的接駁車，治療中心在地下室，鵝黃色燈光把氣氛調和得特別溫柔明亮，櫃檯的護士綁著馬尾看上去不到三十歲，她總是在早晨九點半打開水族箱旁邊的投影燈，治療中心整層樓沒有掛上任何一只時鐘，倒像是大學時期修習簡報課程，利用投影燈的光束把時針和分針投射在沙發後的淡灰色隔音牆上，幾次我陪伴妹做治療，她走進弧形刀治療室，自動門無聲關上，而我坐在沙發區等候，不知不覺就在時針的光暈裡打起了瞌睡，分針有氣無力地在我臉上遊走，我閉著雙眼，滴答滴答，細綿的夢尚在緩慢進行著，護士輕拍我的肩把我喚醒，遞給我一張衛生紙，請我不要難過，我睜開眼睛，滴答滴答，分針仍在我臉上遊走，在面對妹以外的時間裡，光束如此刺眼，我起身離開沙發區，時間自我臉上消失逝去。

在春季進入夏季的時節，台北街頭的行人有些已換穿短袖上衣，醫院的免費交通車也在此時換了新的司機，由原本的大叔變成中年大媽，她總是在開車途中放著費玉清的專輯，漸趨炎熱的日子裡，車輛行經鄭州路奇異地唱著〈一翦梅〉：「雪花飄飄，北風蕭蕭，天地一片蒼茫……」她問我和妹的實習課程還有多久結束？最近病患很多，加上跨區實習的護理師，搭車的排隊隊伍是先前的兩倍。我說，我們是來治療的病患不是實習生，「哦天地一片蒼茫……」她跟著卡帶一起唱，粗糙的歌聲蓋過我回答的句子，隨後將巴士駛入畫著白色長形區塊的停車格內，並瞪著一名已從座位站起的老伯喊著，車沒停好你給我坐下。

有些問題不容易有答案，或難以回答，而又導致發問者和回答者陷入尷尬難為情的局面。在這回事上，司機大媽比醫生聰明得多，「為什麼我這麼年輕會得乳癌？」醫生說，「這不得而知，平時常吃高熱量食物、熬夜、作息不正常嗎？」妹表示常吃蔬菜，早睡，是生活極度規律的上班族。醫生望向我們：「這真的不知道，醫學上還沒有非常肯定的報告分析……」「哦天地一片蒼茫……」站在診療間耳邊彷彿響起免費巴士內費玉清的歌聲。實際上，我很清楚除卻冷氣涼快的冷風以外，此處沒有其他迴盪的聲響。

放射師從裡面搬出大型的藍色軟墊，上面有一個人形躺過的形狀，而角落貼著妹的名字，我問護士那是什麼呢？她說那是用來固定身形，目的是使放射位置準確、不偏差，我看著凹下去的小小人形，想到因病所苦的年輕女子，為此消瘦憔悴，二十五歲的女子如何能接受自己罹癌的事實呢？在治療平台上任由三個放射線儀器發出金屬運轉的聲音圍繞著自己的身體，直到幾週過去，胸部的皮膚開始發黑，脫皮紅腫，連自己沐浴清洗身體時，都無法將手舉起，皮膚的表皮撕裂了，望著鏡子中不一樣的自己，那全然陌生的半邊身體，不完整的內部組織，曾遭受刀割的傷痕，真是用除疤藥膏就能癒合淡去嗎？而她的母親在遙遠的鄉下，必須騎著機車到火車站，轉乘自強號至高鐵，再搭乘高鐵來台北，透過捷運，最終步行來到自己女兒租住的小套房，她們母女共住的期間我返回自己的居所，不敢前往叨擾，除了空間狹小不便的因素以外，妹的母親從鄉下北上，停留的時間很短，住院開刀出院大概不超過五天。妹媽在小套房裡用家鄉扛上來的快煮鍋烹飪菜市場買回的切塊鱸魚，地板沒有多餘空間，煮的時候妹就坐在床上發呆等候，在她們母女共住的期間內，聽說母親撞倒衣架、踢斷電腦電源、遭電鍋燙傷兩次，鄉下的母親對台北的套房空間感到不可思議。妹說曾經有段時間差點接受了住小盒子的事實，回想起來也對擁有那樣想法的自己感到難以置信。

治療疾病的期間內，住在樓上的房東小姐來過幾次，是個從租屋簽約後就鮮少露面的女子，幾次工作結束下班從捷運站走回套房的路上，看見她剛梳化完畢，濃豔的眼妝，亮綠色風衣外套，長統馬靴，像是八〇年代登台作秀的服裝，我們暗自猜測她的職業，紅包場的歌女、按摩店小姐、黑道大哥的情人，談論到最後連她的國籍我們都無法確定，不尋常的國語口音，妹說是大陸人，我堅持越南人。一次她來處理續租事項的時候，匆匆問候兩句妹的病情，我們主動分享給她用小電鍋蒸熟的抗癌養生紫地瓜，她開始忿忿地說自己當年來台灣，被認作共匪抓去約談，一邊按著自己的腰間說最近老是尿不出來，是不是也該去檢查一下腎臟？還說自己先前消失的幾個月是去美國工作，在朋友開的按摩店裡幫許多又肥又禿的胖老外按摩，我感到那畫面似乎有些不對勁，房東小姐離開後，我說自己想到大陸女星劉玉玲和章子怡在美國拍的幾部以情慾為主題的電影，妹聽了一時大笑，按著胸前剛拆線的傷口，表情又興奮又疼痛地說自己想到嚴歌苓小說裡面的華人幫傭女子。我說，「房東小姐的氣質才不像少女小漁！我們都比她長得更像劉若英吧。」睡前，我幫忙妹換藥、貼美容膠，固定白色紗布，印象中這是從手術開刀房出來後，她第一次像患病前那般沒規矩，東倒西歪地咧嘴笑著。

「所以你們不是親姊妹？」放射治療的最後幾週，櫃檯的護士問我。

「嗯，是認識多年，跟家人一樣親近的朋友。」

「哦。」

我如同這幾個月以來一樣，坐在沙發等待區的時針和分針裡面，等待光影從臉上散開，等待時間走遠，等待治療結束，妹從弧形刀治療室走出來，她穿著白色的治療服，向我擠出一個微笑。生活在台北的小盒子裡，已經兩個春天了，只是，這真是個難熬的春天，沒有外出旅遊賞花踏青，時間仍精準地被上天運算著，一日一日的累積，絲毫不會為我們片刻駐留，停下任何一步。回到屬於我們的小盒子，講笑話的時候，笑得開心轉圈；難過的時候一起流淚哭泣，希望牆壁不再濕漉，天花板沒有老鼠跑步。夜裡我將燈光熄滅，在黑暗之中祈禱，「咚咚」的聲音自天花板傳開，「是老鼠」，「是房東小姐吧！」「是劉若英啦！」「我才是……」夜裡小盒子仍吵鬧個不停，這是我和妹，屬於女子朋友的小盒子。

技安妹的戀愛本事

技安妹戀愛後，在無名小站的個人部落格寫下十大心願：

第1、減肥
第2、穿上窄褲
第3、買黑框眼鏡
第4、長版襯衫
第5、素顏也美
第6、畫畫
第7、考上研究所
第8、男朋友

第9、結婚
第10、可愛的小孩

你身邊曾經有些體型微胖、總是穿不下一般女裝，必須去「三布居」大尺碼服飾專門店購衣，或者乾脆被迫捨棄女裝，勉強穿上中性休閒或男性服飾的女孩嗎？

她們的身形魁梧高大，拔河競賽可以報名一人隊伍，挑戰大胃王絕對十盤分量起跳，內心單純善良，絕技是透過幻想與帥哥約會。

我的朋友圈裡就有一位技安妹。

她失戀、苦戀、虐戀的經驗次數實在特別多，每到KTV還必點〈千年之戀〉，拉著姊妹淘飆高音嘶吼，幾段真假音轉換，讓自己在包廂裡激昂不已，想著心中無數次未能開花結果的感情，最後再以同樂團的另一首熱門歌曲〈海闊天空〉外加巧克力奶昔飲料，為聚會畫下一個看似歡樂的總結。

技安妹多數時間總是在吃，牛肉刈包、豬腸四神湯、抓餅、鹹水雞、脆皮炸雞排、東山鴨頭、芝麻圓仔湯、水果拼盤，從校園夜市旁的山坡底一路吃到山腰，最後再外帶兩串烤羊肉，撒上孜然粉末，香噴噴、笑咪咪地回到租賃的學生宿舍。

自由自在、無父母同住管束的日子，成年後便開始一路發胖，七十、八十、甚至飆破九十公斤，幾乎沒有任何人能夠阻擋她吃的動力與野心，每一間小吃店鋪、高級餐館都是朝聖聖地，最愛的電視節目是已停播的《食字路口》，靠著文字成語接龍，吃遍台灣。

小時候看卡通《哆啦A夢》，從不明白技安和技安妹有何分別？大雄被技安從廣場空地沿著商店街一路追趕毆打，逃到技安家門前，戴畫家帽穿著粉紅短裙露出胖胖象腿的妹妹衝出來，勇氣十足地抵擋有暴力傾向的技安。

「你不能打大雄，他是我的心上人。」技安妹如是說，畫家帽還歪了一邊。畫面裡，兩個技安把瘦弱的大雄包圍，左邊是男技安、右邊是女技安。大雄左看右看，最後跪地求饒哭了起來。

看似荒謬的邏輯讓人腦袋打結，逃向敵人的住家豈不是傳說中的「往死裡去」？藤子不二雄創造這對忽男忽女的兄妹，跟王家衛在《東邪西毒》創造慕容燕與慕容嫣有異曲同工之妙，在湖邊人格分裂自己打自己，喝醉前是男性，喝醉後是女性。

演壞人、演好人。

一個演胖子，另一個演更胖的胖子。

過了很多年以後，技安妹開始把食物丟掉。

早餐荷包蛋加兩顆維他命B群、中餐香蕉、晚餐芭樂。瘦身菜單貼在十大心願的下方，每執行一次就以紅筆畫一個叉，不知不覺，記事本如同太陽光照射過，脫皮又發紅。

戀愛。

技安妹的人生第一次有了拒絕食物的理由。

她找到生命裡的大雄，一起畫畫、做手工模型、選修設計系的課程。

大雄是獨子，又來自有點富貴的家庭。一趟日本旅行就能不眨眼刷卡二十萬元，卻買回來旅遊風景區一百元的廉價飾品給技安妹。

平價百元的不倒翁玩偶，顏料塗層有些掉漆，左搖右晃還有些鬥雞眼，被技安妹視為屋內最珍視的寶物，擺放在玩具櫃，尊寵至上。

技安妹外型如同技安，頭髮長了些、捲了些，她對繪畫創作熱情洋溢、害羞、自卑、善良，所有洶湧滿溢的愛被困在圓滾的身體裡。

「喂！你喜歡大雄吧？」

「你跟大雄在交往吧？」

她總是一派沉默。

租賃的居所，每層樓約十間住戶，鋁門對著鋁門、門簾對著門簾。

布丁狗對著高飛狗，瑪麗貓對著凱蒂貓。

不知道是哪個插畫家設計了他們的下一代，或是Kuso盜版商品，瑪麗貓的臉型搭配凱蒂貓的五官，變成「Hello Mary」。

不三不四。

我想到房東阿姨常用來形容夜歸學生的口頭禪。她總是在夜裡假寐，躡手躡腳地站在停機車坪的斜坡道，睨視夜歸的男女、男男或女女戀侶。

幾次深夜，同宿舍的夥伴們提著燈籠滷味朝她的房間走，無人應答。未開燈的房間內，從門縫處閃出電腦螢幕的光線。一閃一閃亮晶晶，裡面正在發生什麼細碎起伏的祕密。

門口放著大雄的鞋子，一前一後，距離擺得有些遠，看來是慌忙之中的到訪。

那陣子，我在陽台栽種的幾株植物盆栽，不知為何變得乾燥。葉片枯萎發皺，一片片掉落，泥土也不安分地灑落在地板上，像是遭遇什麼颱風警報或移情別戀似的，如要告別或離家出走。

蹲在陽台旁撿拾微小的枯枝，由相連的外推空間，我發現技安妹的胸罩與內褲隨風飄揚，向來清一色的白色貼身衣物，開始有了色彩，粉的、藍的、花紋的，曬衣夾隨風旋繞圈圈，像大賣場慶祝節日的糖果罐。

仔細一看，技安妹的衣物正在逐漸縮小。

由XL號變成L號、M號。

她終於買了歐系名牌的黑色貼腿窄管褲，格子長版襯衫、俐落時尚的黑框眼鏡，甚至使用醫學美容專用的護膚保養品和沙龍洗髮精。

胖妹決心變美女，大雄卻消失了。

讓大雄任意在自己的世界裡膨脹與任性，技安妹卻從旅行背包裡找到他寫給其他年輕男性的風景明信片。

「Dear David、Dear Kelvin、Dear Tony……」大雄以藍色、黑色水性原子筆書寫，還附贈手繪插畫，每張卡片都是溫柔祝福的問候，寄向地球的另一端。

原來，大雄不愛靜香也不愛技安妹。

走出校園時，技安妹已經將近三十歲。

無名小站宣布正式關閉前夕，寄信至每個部落客的信箱請所有網友備份照片和線上日記。我連上技安妹的網誌頁面，最後更新的一則訊息標題是「十大熱戀證明」：

第1、虐待你

第2、虐待我

第3、虐待你

第4、虐待我

第5、虐待你

第6、虐待我
第7、虐待你
第8、虐待我
第9、虐待你
第10、喜歡你

最後，她將軟弱無辜的大雄留在無名小站裡，讓對方繼續探索漫遊世界。

投下六枚十元硬幣，從扭蛋機下方出口取出卡通或動漫造型的公仔玩具，都會讓我想起與技安妹比鄰的租賃時光。

布丁狗對著高飛狗，瑪麗貓對著凱蒂貓。

多年後，技安妹穿上更窄的窄褲，走在信義區101大樓底下，悠悠地表示自己的失戀成就了大雄的性向確認，也算是功德一件。

原來，技安妹比誰都懂吃，也比誰都懂愛情。

命運好好玩

那是有雨的夜晚，從潮濕的南港一路往市區移動，早已抵達南京東路的友人於手機內通話指示：第一，記得先領錢，第二，牛排店門口見。

站在窗外，看著牛排餐館內的侍者們著白襯衫黑領結西服，端上玻璃杯檸檬水、餐包、沙拉蔬菜棒，肉塊在炙熱的鐵盤上看起來實在非常多汁美味，已到晚餐時間卻尚未用餐的我，忍不住吞了吞口水，友人從隔壁的屈臣氏走出來，略帶勸告或關心的口氣詢問是否已確實提領現金。

「我們……是要去算命吧？」

「都預約好了，別擔心。」

走向牛排店與商辦大樓之間極窄的通道，不知從何處忽然出現一名管理員將我們擋了下來，「請問二位要做什麼？」

「我們已和A老師預約算命。」

管理員鬆緩了警戒的神色，為我們按下電梯樓層並露出和氣的表情。

方才收納的塑膠雨傘尚在滴水，地板變得濕漉漉，手心也似乎開始出汗。

叮咚。叮咚。按下電鈴。

開門的是一名保養得宜的婦女，望上去約莫四十歲，穿著休閒優雅，態度十分從容，膚質亮麗不說，那股從容不迫的氣息，彷彿《蘋果日報》娛樂版面最後兩頁見到的名媛貴婦生活穿搭照。

貴婦一手牽著愛犬，一手拿著星巴克咖啡，並將墨鏡戴在頭髮上，手腕再勾著圓筒狀的名品包。倘若以申辦手機之類的行話來說，就是所謂「標準全配」。

從不經意的片刻、剎那間的轉身，本以為是Hang Ten、GIORDANO之類的運動服飾。走幾步路，才從側面發現，一串極細小的品牌字母Logo被縫製在衣服的角落邊緣。

「欸，我剛剛提款只領了大概這樣……，會不會不夠啊？」

我偷偷轉身向友人伸手比了個數字。

「沒關係，且看且走吧。」長期打滾於演藝經紀圈的友人已是相當稱職的公關老手，眉毛也不挑一下，顯得自在適意、處變不驚。

門後的世界，與到訪前的想像全然不同，沒有陰暗的長廊或大廳，沒有點著昏黃燈籠的民俗宗教氣氛，沒有兵器法器符咒葫蘆擺陣，也沒有唐裝道袍星海羅盤，更沒有翹腳撚鬍鬚、雙眼失明要人攙扶或突然失序來場手舞足蹈看我七十二變的茅山道士。

坐在大書桌後方的男子如同電視綜藝節目單元裡見到的一樣，滿頭白髮、裝扮隨意時髦，變色墨鏡配上深色翻領polo衫，手上拿著菸斗，彷彿福爾摩斯或亞森羅蘋推敲辦案。

倘若擺放一碗魯肉飯跟貢丸湯在桌上，眼前的男子實在與平凡的中年大叔無異，究竟如何算出蔡依林七十二變成為歌壇天后的祕密呢？

放輕身體，移動腳步，慢慢走至沙發區坐下。

等候的片刻，一種莫名的熟悉感突然湧現，就像在醫院診所的診療間外等候護士小姐或廣播叫號。

「下一位。」

「說吧，今天哪裡不舒服？」

「說吧，給你五分鐘的時間。回去按照藥包指示，三餐飯後各一包。下一位、下一位、下一位……」

想到皮夾內剛領的現金，距離月底卻還有十幾天，不禁太陽穴隱隱疼痛。

明亮溫馨的客廳，玫瑰花色的蕾絲桌巾，兩隻寵物犬從其他房內衝出來向貴婦女主人討著狗餅乾吃，小狗乾淨又可愛，耳朵還繫著蝴蝶結髮帶，似乎剛從寵物美容回來。

吃了一片還不夠，眼神癡癡望向更高級的狗餅乾。

十元的狗餅乾，或昂貴的高級有機皇家狗餅乾，原來世界上每一個生命都有自己的命運。

「從這盒子裡，直覺地捏起一搓米，放在桌上。」老師對著桌前的一對母女說。

遠遠望去，幾粒米散開在書桌上，實在看不出個所以然。

只見老師輕輕搖頭說，「不要換工作，現在還不是你的時機。」

同樣是米粒，我只認得出吃飽後還殘留在嘴邊擱淺的三粒米，叫做傳說中的「帶便當」。難道真有如此高人，不只懂得帶便當，甚至還能預測人類何時「領便當」嗎？

桌前的母女從一搓米得到了人生寶貴的指引，再三點頭表達感激又來個對視相擁，隨後收拾包包，滿臉安慰、充滿笑容的離開了。

「等很久了吧，輪到你們啦。」

「報上名字、出生年。其他什麼都不用說。」

當我準備提供紫微命盤的命宮、西方占星學的星盤作為參考資料，馬上遭到拒絕。

網路上 google 這位算命師的新聞實在太多，咬著菸斗的嘴巴傳出指引的聲音：「要事業、沒愛情。要愛情，沒事業。要知道，人生沒有完美，知道自己要什麼，才能開口求什麼。」

我想起莊子在《大宗師》裡談論生死與境界。

「登高不慄，入水不濡，入火不熱。」不是因為厲害得要命能升天做神仙，而是懂得捨去，捨得乾乾淨淨、清清爽爽，人生就自在如意了。

不信算命的人，總認為算命都是引導迷途的群眾走進套路。

像擲骰子，開始一場遊戲。

一旦開始玩下去，便沒完沒了。算命算上癮的人，不算命而像在賭命，從東方的紫微斗數、西方占星塔羅、心理測驗、數字占卜、水晶球催眠術、密宗轉世甚至神靈附體外加觀落陰。

老師要說的話，百轉千迴在空氣裡，我揉揉眼睛望向起霧的窗戶。「知道自己要什麼，才能開口求什麼。」反面話是，知道自己不要什麼，才能捨棄什麼。

或許所謂的算命不是求，而是捨。

同行的友人，捧著一顆待嫁女兒心，追問感情運勢起落。

「讓我永遠青春貌美，一輩子吃不胖，嫁給俊帥好老公吧！」

老師只回答一句：「男人皆豬頭。」

我差點以為這是《康熙來了》攝影棚，寫在大字報上讓蔡康永對小S說的台詞。

望向坐在隔壁的友人，我多麼希望她的人生可以有Happy Ending。那夜算命師各自給了我們十個名字改運，有些唸起來好像韓國女星，有些好像言情小說的作者，有些不男不女令人匪夷所思。

老師將三張寫滿的紙推到我面前，叫我看看。裡面既沒有從出生到死亡的預言，也沒有任何我從來不知道的身世祕密，或者對未來命運的指引。寫的幾乎全是性格上的特質與缺陷，緩緩讀完，我沉默了下來，無話可狡辯。

拿出數千元換取十個名字。

算命師把錢收進抽屜後，捲起袖子逗弄餵食兩隻寵物犬，望著眼前的兩條狗，他們的人生看起來確實很幸運。他們的命運就是每天吃幾塊餅乾和玩遊戲、洗澡、穿上漂亮的寵物衣，聽從主人的命令，偶爾能吃、偶爾不能吃。

「記得一定要改身分證上的名字。」

「上次有個母親來幫兒子改名，說是重度憂鬱症，半年沒出門了。一改名，隔天跟媽媽說他想出去逛誠品書店。」

我想起大學時認識的一個社會系男孩，外表白淨漂亮，總是來中文系上旁聽創作課程，跟大家一起討論舞台劇劇本。他重度憂鬱症之後，也出門了。去的地方倒不是誠品書店，而是校園頂樓。

隔天的新聞好大，愛美的他登上頭版版面，「碩士生不滿神話學課程性別歧視跳樓身亡」。

命運有時候像大風吹、鬼抓人、紅綠燈，有時該停，有時該走，有時該快跑，沒有固定的遊戲規則。

同行的友人在離開算命館後，聲稱遇到真命天子，以颱風過境的速度懷孕結婚生女走完理想的行程。

問她記得那夜算命的細節嗎？

她眼睛一亮回答：「男人皆豬頭。」

算命占卜究竟是玩命還是被命運玩？

拿著遙控器，我想像電影《命運好好玩》裡的亞當．山德勒，將命運轉到最理想的頻道畫面，克里斯多夫．華肯飾演的天使迎來祝福：「好人仍能有好運，我知道這次你會做出正確的選擇。」

水果女神

葡萄打電話來，說叫我上網看看訊息留言。

打開筆記型電腦連上網路後，跳出一則網址，打開是一張女生的照片。

「她確實老了很多，對吧？」

「嗯……」

「不意外，我們大家都老了。」

「嗯。」

「妳覺得她以前能算得上系花嗎？」

「算吧。應該也是很多人心裡的女神。」

我看著照片中的女子，眼睛下方出現深深的黑眼圈和眼袋，皮膚乍看有一層光澤蓋住有點暗沉的膚色，應該是用亮粉將臉部提亮修飾過了。

不知道從什麼時候開始，網友喜歡把漂亮的女神取成水果或飲料的名稱。例如：奶茶妹、豆花妹、水果妹、葡萄姊姊、小蜜桃姊姊……

打電話來的葡萄也是水果系女神，在我的朋友圈裡面還有橘子、蘋果等，葡萄長得很像侯佩岑，橘子像許慧欣，蘋果像宋慧喬。滿滿一籃數不清的好靚女。

關於水果系女神，我常常想到去果菜市場或大型水果店買水果的時候，老闆總會冷不防在顧客專心挑選果物時靠近，忽然迸出一句：

「這些全部都很水啦。」

「哎唷，怎麼會這麼水。」

順手拿起水果刀，現場剖開果肉，大口吃。有時還吸吮起來，讓果汁發出水流嘖嘖的聲音。

趁顧客移開視線時，將塑膠袋一把抓過來，用無影手般的速度，快速抓取好幾顆水果丟在袋內，「這些都是最水的啦，讓我來幫你撿。」

「算你便宜，一百零五元、五元就不用了啦，收你個一百元意思一下就好。」

呵呵呵呵。

每次我總是抱著感恩又疑惑的心情，回到家才打開一看。果然。在十顆漂亮的蘋果裡面，總混藏著兩三顆爛的。

呵呵呵呵。老闆的笑聲，迴盪在耳邊。

我從沒深入思考，剩餘的兩三顆蘋果為什麼不夠漂亮，好蘋果、壞蘋果，不用計較這麼多，反正最後吃進肚子裡，營養價值都是一樣的。

聽說蘋果放久了，內裡的核心也會變形，顏色暗沉不說，還聽過長出豆芽菜的，味道從甜美變成飄散異味。

小蘋果變老蘋果。

女神也會老，降格成凡人，或是變成歐巴桑，流星花園杉菜變酸菜。

紅極一時的網路洗腦神曲《小蘋果》，音樂錄影帶裡女朋友問男朋友，「歐巴，我美嗎？」歐巴不耐煩地回答：「就那樣吧，外表重要嗎？」

走進大型水果店，芭樂、柿子、西瓜、火龍果、榴槤，依照自己的種類名稱乖巧地躺在屬於自己的位置。

這些水果安安分分的模樣，就像以前大學聯誼時，那些一字坐開的女孩們。討論度最高的女孩，未必是最多人追求的。審美觀總是青菜蘿蔔各有所好，每種水果在不同的時刻都可以是水果女神。

你眼中的榴蓮說不定也是別人心中的蘋果。

女子漢

貝貝航空公司

貝貝跟我相約咖啡廳，點了雞翅跟熱摩卡咖啡。

「通過這次升等考試，就要去商務艙工作了。」

貝貝考上空姐的那一年，也不過二十六歲。女孩們透過反覆嚴格的上課與訓練，終於可以穿上制服，在天空飛來飛去。

「我已經是老妹了。」結束了漫長的工作培訓，她感嘆說著。

以前我總以為，空姐只要推著販售免稅精品的小車，摺毛毯，送餐，或像學校的班長跟級任老師，叫乘客們坐下，如此簡單而已。

前進商務艙的意義，究竟是什麼呢？

貝貝說，同期入公司的姊妹們，有人三餐自帶便當，投資小套房或基金，早已成為小富婆，有人是月光族連吃飯的伙食費都沒有。

聽說那些月光族，都是因為買包包。

一百元的包包、一萬元的包包、十萬元的包包，要多便宜能有多便宜，但要多貴也可以非常貴。

我拿起眼前的雞翅，將翅膀扒開，咬下。塗上燒烤醬料烤過的翅膀肉在口中釋放肉汁的甜味，表面的孜然香料淡淡飄在空氣中，有一種既幸福又疏離的味道。

「薯條、漢堡、義大利麵……我真的吃太多這類食物了。下次應該要去有白飯和現炒蔬菜的餐廳，真的好想念台式餐廳的味道喔。」

貝貝吃飯的時候顯得特別開心，比起名牌包包，享受一頓手做美味的飯，可能更讓她感到快樂，尤其是來自南部母親的家鄉味。她拿起餐盤中的烤食，將雞翅放入口中，精緻的五官也是另一盤好菜，絲毫不輸給眼前的招牌料理。尤其是像林青霞一樣的下巴，微微一道凹痕落在中間將左右分開，有些人會將這種面相取名「屁股下巴」或是「美人溝」，頗有旺夫或富貴之態。

直飛伊斯坦堡、首航芝加哥，或無限往返的台北與巴黎之間，是旅客也是歸人。時間久了，租賃於機場旁的小套房也像機艙了，無論走進這個房間、走進那個房間，走不出旅行的意義。

起飛，落地。

去年初紐約大雪，航班全面停飛，她和幾個同事被困在城裡，穿著羽絨外套連走幾條街搶買食物。她說，有個其他家公司的學妹被叫去航站了。

收拾行李廂之前的第一件事是打電話回台灣。

未滿三十歲的女孩，在深夜、清晨、豔陽下趕路，或在大雷雨的夜晚因為恐懼打電話給鄉下的母親。

「平安歸來了啊，收到妳們公司寄的簡訊。」母親握著手上的手機，每一次的起飛降落都會發出安全通知訊息。

暴風雨的凌晨，或大雪紛飛的午夜，換上短裙，塗抹保濕乳液，輕輕打上粉底、遮掉黑眼圈。

她們把善心又好相處的同事前輩稱為天使學姐。我將桌上的食物推向貝貝：「吃了雞翅，讓你飛更遠。」

夜越來越深，窗戶外的月色卻顯得更亮，月亮彼端的時空旅人此時不知道在哪個城市飛行冒險。

輯四　純真年代

歡迎光臨獅子林

那些穿著華麗婚紗禮服的女偶，嫩黃、天藍、翠綠、粉白七彩色調，胸前繡著珍珠亮片、被收進泡泡般輪廓的袖口，像飛壘口香糖，在玻璃櫥窗內吹著一個又一個膨脹的美夢。

白雪公主的蘋果色、睡美人的葡萄色，都靜止沉浸在各自的夢境。她吃她的蘋果，妳睡妳的美容覺。

獅子林似乎就是一個這樣的空間，建物內部複雜多樣，各有各的故事情節。一樓是手機通訊3C商店、二樓是禮服租借訂製，樓上還有遊樂場、電影院，被稱作金獅、銀獅、寶獅、雙獅，影廳裡播著愛情片、懸疑片、格鬥片，大樓其他看不見的角落也不遑多讓，幾盞壞掉的燈泡，隱約閃了又閃，似乎總有些什麼神祕詭譎不可測的情節，在寬敞卻幽暗的長廊盡頭發生。

幾個結伴同行的年輕人，在午夜場電影開演前，不知道是為了壯大膽子還是其他緣由，用盡力氣放聲大喊。

喂、喂、喂、喂……

迴廊盡頭回應給他們此起彼落，如同杜比格式的環繞聲響。

西區的電影院裡，比起國賓、絕色、秀泰、真善美，到這裡看恐怖片尤其刺激，無論是搭乘電扶梯到樓上影城看李心潔的《見鬼》，還是走樓梯轉彎繞進地下室的瘋馬MTV看《恐怖旅社》，結果都是殊途同歸。

樓上的下不了樓，樓下的爬不上樓。

「姊姊，你有沒有看到我的成績單？」穿著校服的小男孩忽然出現在大樓樓梯間，抓著李心潔的搖搖裙擺說話。整齣戲只有一句台詞，反覆複誦幾次，卻深深加重力度，如海洋裡破壞力最強的殺人浪，讓挑戰恐怖片的觀眾全軍覆沒。

腿軟、腳發抖、皮皮挫。原來這就是傳說中的引人入戲。

「我剛剛真的閃了一下尿耶」，鬼片播畢後的廁所排隊隊伍特別長，幾個背部刺青的壯漢搓手又甩手，不知道是要甩掉手上的水滴還是為了掩飾恐懼的情緒。

男孩戴上鴨黃色路隊小帽，走走，走走走，我們小手拉小手。

幾年之後的續集，電影《見鬼10》的男主角在樓梯間再次遇見小男孩在找成績單，二話不說將孩子一腳踹開，男孩放聲大哭：「沒看到就算了嘛，幹麼踢人啊。」

原來鬼話連篇裡有時也隱藏著真人真話。

電扶梯的速度有些遲緩，發出過度磨損的聲響。

嘎吱嘎吱。

二樓櫥窗內的白雪公主還困在紅色禮服裡等待救援。下樓的西街少年們，看著打烊的出租禮服店，發出阿娘喂的聲音。

鳥獸散以後的世界，公主跟其他公主依舊被留在玻璃屋內。

走近夜晚的櫥窗邊，裡頭盡是滿滿的新娘。

幾個戴著金髮的假女偶讓我想到《重慶森林》裡的林青霞。據說電影有一段隱藏版本，被王家衛刪減的戲分之中，金城武和林青霞夜裡共同搭乘地鐵在城市裡穿梭冒險，而林青霞的真實身分其實是女明星，還站在直立式麥克風前唱了首粵語歌，畫面是黑白懷舊的。

漏網鏡頭顯得格外珍貴，拿下金色假髮的林青霞穿著細肩帶連身洋裝，唱得盡情投入，我也看得嘴角失守。

幾個搖晃的手提式拍攝鏡頭，我真以為那就是獅子林的某些角落，又是飄飄然又是激情的影子，那個時候還沒有流行下衣失蹤的服裝風格。寬大的風衣外套，隨意綁束起來，裡面好像什麼也沒穿，可是包得密密實實、無從窺探，唯一的謎底在白皙長腿和高跟鞋，更顯魅力神祕。

被剪去的片段太過甜蜜浪漫，要林青霞的眼神不放電是很困難的事，王家衛讓她戴上墨鏡，好跟金城武保持陌生疏離的感覺。

後來，她演完《重慶森林》裡的金髮女郎，就結婚息影了。

幾次夜晚拿著金馬影展的電影票，搭著一層又一層老舊的手扶梯上樓，不知道是該夜戲院播放復古片的緣故，還是冷氣空調太強，長長的迴廊，速度與時間變得格外奇異。

連綿的手扶梯就像一格又一格的底片，記錄這棟建物長長的歷史。聽說這裡以前叫做東本願寺，也是白色恐怖事件的相關地點。

有些眾所皆知的事情放在心裡太久，時間有一搭沒一搭的餵養情緒，不知不覺竟養成了祕密。不開口或開口，都顯得彆扭。也許王家衛要林青霞演的是葛麗泰．嘉寶，圓自己心中幻夢，林青霞卻演了自己。於是，同部戲裡她又是女殺手、又是女明星，像《東邪西毒》裡把自己分裂，喝酒之前是慕容燕，喝醉成了慕容嫣。

「歡迎光臨獅子林，本日最後一齣電影已播畢，離去前別忘記您手邊的貴重物品。」

眾人隨著廣播聲，魚貫走向逃生門指標，停滯不動的手扶梯又再度運轉起來，一層一層，將影迷輸送到大門口。

玻璃櫥窗內的新娘或公主仍舊靜止在另一場戲，還未散場。

長鏡頭底下，有些服裝的設計細節早已不符合現代流行品味，仔細一看，有些連身裙的肩膀造型過於寬大，如台灣舞廳或歌廳年代，藍寶石秀場的秀服，適合登台表演卻不適合踏入禮堂。

自從得知建物的歷史背景，更感獅子林大樓夜晚時的鬼魅荒謬，不知道是心理作用還是幻覺使然，幾度搭乘手扶梯下樓時，內心也空蕩惶惑。

我看著佩戴警棍的管理員緩步走向最底處的角落，把窗戶拉緊。動作顯得熟練又細心。

「窗戶沒關緊，風就溜進來了。」

多年後，另一個金馬影迷在便利商店按著ibon取票按鍵，一邊抽出付款單，一邊遲緩疑惑地提出疑問：「獅子林有窗戶嗎？」

我的耳旁不知為何出現那句熟悉的電影台詞，「姊姊，你有沒有看到我的成績單？」

純真年代

「欸！我昨天又認識了一個新朋友。」咖啡店裡，兩個貌似一九九〇後的年輕女生聊起天來。她們晃動手中的手機，確認彼此的登入帳號，並用傾斜的角度，拍攝個人臉部照片，我喝著冰咖啡的同時，發現她們擺出的pose不外乎是捧著臉像是頭痛或牙痛的表情，「修圖ＯＫ！上傳吧，趕快換大頭照！」

咖啡店沒有放送韓國舞曲，這是我唯一感到慶幸的，張惠妹在一九九六年首張個人音樂專輯裡的〈認真〉一曲，從牆角的黑色音箱傳出，樂曲內簡單的鼓聲敲打在木頭地板上，濃重的唇齒音尚未被修飾，編曲純粹，還有一兩句男女音的和聲襯在阿妹的歌聲底下，記憶被溫柔直白的歌詞輕輕搖晃起來，那是一個音樂豐饒且純真的年代。

西門町的Tower唱片行還沒從夢幻似的黃色潛水艇變成連鎖平價服飾店，當時我常戴著很大的耳機，每個週末搭乘３０４公車，自故宮附近的私立女子學校，一路搖晃到城中，整個下午都泡在西區的唱片行，除了Tower還有玫瑰、大眾、佳佳……，珍貴的ＣＤ被放置在圓形而略顯厚重的隨身聽內，手機剛取代BB Call，它們都是黑白的，沒有來電大頭照，當然也沒有App或是LINE，在小小的空格框框中顯示友人傳來的簡訊文字訊息，我們用各種符號或文字排列出詩一般的圖像語言，猜測彼此的密語。

那同時也是一個詩的年代。

我們讀夏宇的詩集，在邱妙津的《鱷魚手記》中窺見隱喻、憂鬱以及另一個世界的模樣，我們還看周星馳、王家衛的電影，不知為何總能將那些無厘頭又繞口的台詞背得滾瓜爛熟；時常收到朋友親筆寫的信或卡片，跟心愛的同學交換唱片或紙條，就開心滿足一整天，或是用原子筆將那些詩句或歌詞抄寫在信紙、記事本內，特別喜愛的還會放置在學校書桌的軟墊下，跟演員的剪報親密地靠在一起。

放學後，回家前，在阿宗麵線門口站著吃完一碗加辣的麵線，再去同一條街的制服訂做店把長褲改成寬鬆低腰的垮褲，或把制服裙改短在膝蓋以上；去沒有高低階梯的真善美戲院看國片，不斷被前面的人頭擋到字幕，努力左閃右晃看著螢幕上的桂綸鎂在《藍色大門》裡穿著一樣的白色制服穿梭在台北城市。

那也是個還勉強可稱作「含蓄」的年代。

有多含蓄呢？當時所謂的實力派歌手，不露臉，唱片封面無論男女都用長髮遮著臉，依然暢銷百萬張，歌迷們陶醉在歌聲詞曲之中。學校隔壁男生班的同學在生日送來大型玩偶和卡片，上面寫著的字詞非常笨拙含蓄，「同學你好，請問可以認識你嗎？謝謝！」

咖啡店內仍持續傳來各式嗶嗶的手機聲響，望著那些鮮豔的App程式，不知為何我感到非常寂寞，我想到金城武在王家衛一九九五年的電影《重慶森林》裡面，站在名為「午夜特快」的快餐店外，拿著BB Call不停打著公共電話，「阿May有沒有回覆？……」，沒多久又再打去「密碼，愛妳一萬年，是否有她的口訊？」即使是金城武這樣的美男，最後也沒能等到對方的回應，好佳在他沒有App，讓故事的劇情發展比較美麗，他到便利超商買了無數盒鳳梨罐頭，每吃下一盒，便逐漸發現愛情跟這些罐頭一樣，終究會過期。

迷人的國語歌曲，充滿魅力的香港電影不知何時也變成過期的罐頭，終究被韓流浪潮沖走，新時代的數位化焦點在於影像圖片而非文字，隨著無名小站的無預警關閉，我尚未存檔的文字以及日記，彷彿成為另一個平行時空的記憶，它們確實發生卻又無法擁有出生證明。那時Pchome的個人新聞台，也是我的祕密基地，許多未敢說出口的心情，或者心血來潮寫作的短詩、小說，都張貼發表在上面，那真的是一個幾乎只有文字的世界，作者照片位於網頁的偏僻角落，極小不起眼之處，我與同是七年級的友人們，往往放置一株盆栽、一隻午睡貓咪的腳掌、一顆蘋果甚至一輪掛在夜晚的月亮，作者相貌從來都不是分享的重點，透過文字媒介欲抒發的心情故事才是網頁主角。

十八歲畢業旅行之前，我穿著制服坐在即將結束歇業的福和戲院裡，戲院內空悶的空氣，螢幕上的畫面出現了李康生還有他的失眠，一隻小叮噹掉在床沿尾巴，動也不動地，然後鏡頭運轉，汽車駛進更深的隧道，小康捧著他阿爸的骨灰罈，遠離白日的光，在老舊的福和戲院破洞的座椅前方，他終究流下淚來，那一夜我們被剪成電影《不散》的其中一景。

當時不明白什麼叫做結束，對於青春的到來或結束，不過是換下制服，再穿上另一套便服的意義。

直到西門町紅包場變成日式迴轉壽司店，紅包場旋轉樓梯轉角下的檳榔攤也消失不見，老一輩的歌者從人生舞台下戲，徒步區被更青春的少年和觀光客氣息填滿。

街頭遠處彷彿傳來〈鼓聲若響〉的前奏，如夢一般的場景，在沒有任何舞者幫忙伴舞的條件下，獨自張開雙手的張惠妹，唱著已逝的張雨生創作的歌曲，這個水做的男人製造出像火一樣的女人，阿妹擺動身體，甩起長髮，自由自在地在鏡頭前跳起舞來。恍惚轉身，我好像還戴著很大的耳機，學校書包裡藏著CD隨身聽，正在前往西門町的路上，搖搖晃晃哼著屬於七年級回憶的歌曲，書包內滿滿的手寫信，像是個開小差的郵務員，歷經漫長的打盹，起身準備前往九〇年代送信。

「嘿，你那邊幾點？」

「我們有沒有變成更好的大人？」

我極度想念著成長中純真、詩意、含蓄、電子化初初萌芽的年代，停格靜止的黑白螢幕手機，誰願意給我寄送一則純粹文字的簡訊。

成為文青的十種方法

曾經從BBS的笑話版或八卦版看過一篇討論文章，標題類似是「成為文青的十種方法」，文末還語重心長附註說明倘若你以上十點全中，那麼恭喜你，你絕對是一個名副其實，走在金字塔流行尖端的文青呢。

第一點，復古黑框眼鏡

第二點，衣櫃裡一定要有窄褲

第三點，鞋櫃裡一定要有converse帆布鞋

第四點，愛去誠品書店

第五點，文具都是MUJI

第六點，假日出沒在華山或松菸

第七點，背著單眼相機

第八點，喜歡逛創意市集

第九點，人生最大的煩惱是如何愛人與被愛

第十點，通常都是瘦子

除了第十點讓我尚感遲疑以外，第一點特別有感覺。在網路購物商城輸入「徐志摩」作為搜尋關鍵字，可以找到兩種商品。書和眼鏡。

徐志摩全集被列在圖書／影音／文具的搜尋欄位，拍賣頁面的商品標題名稱寫著大大的幾個字：「古文物，徐志摩全集。」清光緒年間出生的他，照理說應該列在「近代」，不過依照時代快速發展的速度，恐怕也是相當古氣。

賣書的頁面，乏人問津。不要說下標次數，反覆刊登到天荒地老，點開問與答留言板一看。

零。沒人對徐志摩有興趣。

但是徐志摩的眼鏡就不同了。登上暢銷排行榜的徐志摩眼鏡，可是被列為眼鏡王。

宣傳台詞寫著：「金屬時尚潮流造型正韓日系歐美經典設計簡約氣質輕量人氣黑色圓框細框鼻墊型男正妹復古文青文藝溥儀徐志摩平光眼鏡」，不換氣一次念完恐怕缺氧沒命。

徐志摩款的小圓眼鏡銷量驚人，只要二九九元就能當文青，有何不可。

況且，不只能當文青徐志摩，還能當末代皇帝溥儀呢。

古時候叫書生，現代叫文青。

這種黑細邊，金細邊小圓眼鏡戴上後，彷彿會讓人衍生出一種人格特質。

周星馳在電影《功夫》裡遇見一名戴著小圓眼鏡斯文氣質的知識份子，對方突然抓著星爺去撞牆，表情依然不改秀氣的說：「我身為一個文員，戴金絲眼鏡，是很合理，也很合邏輯的。我戴得好看，你為什麼一定要針對我？」

星爺的喜劇裡，總是讓角色自露其態，自曝其短。

我曾在工作地點與工讀生聊天，「聽過四大天王嗎？」正在讀大學，剛滿二十歲的女大生搖搖頭表示相當陌生，還露出微微的苦惱加上一點疑惑，「那你聽過畢書盡嗎？」當然啊，超帥的，真希望他來學校辦校園演唱會。

我相信畢書盡如果戴上小圓眼鏡，配白襯衫黑西褲，絕對會引起女孩們的尖叫聲，從外雙溪喊到城中校區，「好文青！好帥！」

真文青、假文青？其實並不重要。

只要記得成為文青的十種方法，第一點絕對是戴上復古黑框眼鏡。

另外，喜歡攝影、熱愛音樂、嗜咖啡，這大概就是傳說中百分百的全配了。

晶晶書店

走在台北的羅斯福路，彎進某一條小巷，左手邊會先看到極小坪數的晶晶藝廊、比鄰而居的是晶晶書店，對面則有晶晶咖啡，各自占據住宅區的一角。

那是二〇〇〇年左右，書店才剛營業沒多久。

剛放學的我，還沒換下高中制服背著書包便闖入彩虹巷弄。推開書店的玻璃大門，左邊是極小的櫃檯，右手邊則放置著最新的性別理論叢書、同志電影小說、文學理論專書，淩煙的《失聲畫眉》、劉若英演的《美麗在唱歌》、《我的美麗與哀愁》，白先勇的《孽子》，還有好幾本性感熱辣的猛男或女神寫真集。

一只馬桶座落樓梯旁，地板是水晶拼貼磁磚，連門也找不到，赤裸得很，四周以浴室盥洗用的塑膠花簾子遮掩，連完整的廁所都稱不上吧。步行至空間最底部，整牆的留言塗鴉、同志雜誌、陽光肌肉猛男或美麗女神，抬頭望向上方，屋頂是透明的遮雨棚，可以看見天空，雨天遮雨，晴天時陽光毫不保留灑進來，窄小的通道，也像摩西過海，成為不受世界紛擾的一席之地。

當時台視正熱播《逆女》電視劇，演員六月到訪辦影迷見面會，現場擠得水洩不通，粉絲們差點撞破玻璃門，走娛樂生活路線的《民生報》還以「逆女走紅，簽名會驚動警察」為標題大肆報導。

爬上略陡峭的樓梯，二樓都是電視劇和電影VCD、海報、音樂專輯。張國榮的《霸王別姬》或《春光乍洩》都是架上熱賣商品。

哥哥、Leslie、好靚仔。

「黎耀輝，讓我們重新開始。」一直到非常多年以後，經過了雙倍以上的時間，曾經許下承諾卻失約的我，好像才漸漸能明白為什麼電影結束時，抱著毯子的何寶榮哭得那麼慘。

我也有不敢再次踏訪的城市與空間。

何寶榮所有的眼淚，匯流於旅程，最後成了瀑布，供梁朝偉和世界上更多的影迷品味欣賞。

近年從朋友們口中聽聞的晶晶書店，已是現今的Gin Gin Store晶晶生活廣場了。同學們興高采烈討論《鱷魚手記》、《寂寞之井》或《藍調石牆T》，激動的將書放在我面前表示，這是絕對不容錯過的經典，或一次次引述邱妙津生前作品所言，辯論性別主權或積極於性別運動。每當發覺我的反應並不熱情昂首，難免有些失落。也許在他們的記憶裡，我總是用一張面無表情的冷臉，平淡且保持距離。

這些男男女女不是鱷魚，倒像噴火的火龍，高凌風旁的阿珠與阿花。他們學會拿打火機，點燃更多需求與慾望。

可是，鱷魚其實是非常害羞的生物。

十五或十六歲那年，我站在晶晶書店內最不起眼的角落，讀著邱妙津與白先勇的故事。高中時代買的小說，放在學校宿舍整整三年，返家前夕卻選擇變賣轉售出去，幾本被我重複讀了又讀的故事，只能珍藏於心中。

書是會洩露祕密的。

望向書架上一整排的書，不僅能揣測當事人的性格、喜好、興趣，甚至包括性向。

同志電影的VCD上下集，必須偷天換日，調包藏在S.H.E.或阿妹的專輯內。那時沒有同志大遊行，阿妹也不是同志天后。香港電影金像獎把最佳男主角頒給梁朝偉而不是張國榮，理由是認為張國榮是在演自己，其實是相對容易的事。男演員和男演員，女歌手和女歌手必須重複統一官方的答案：「我們是好朋友。」

所有壓抑與隱藏，都是為了保護心中的人不受到傷害。

炙烈的溫度，早已停留在晶晶書店角落那條窄小通道了。

只能珍惜晴日，充足的陽光灑在牆面，那些陌生大膽的塗鴉留言顯得特別青春勇敢。鉛筆、黑筆、藍筆，不同粗細深淺的筆跡寫下告白或自白，更直接一點的還會留下自己的電話號碼，等待同類的頻率。

邱妙津沒有想過的是，在她轉身離開後的世界，要尋找同類再也不是難事。手機搖一搖，從台北到上海、北京，還是多倫多、舊金山、雪梨，眼前的世界地圖開始發光發亮，像《X戰警》裡教授戴上頭盔，全世界的變種人在地圖上亮了起來，每一個發亮的小點都是同類的召喚。

「距離五公里」

「距離五百公尺」

「距離一百公分」

彩虹跑道，世界各地不停歇的馬拉松，頻頻施放性別信號。

《女朋友》、《莎孚Sappho》同志雜誌，跟許多電影明星剪報緊緊貼近，楊采妮跟劉嘉玲演出《自梳》，莫文蔚在《心動》裡愛上梁詠琪，改編自陳雪小說的《蝴蝶》，直到近年的《藍色是最溫暖的顏色》、《Carol》，女孩們從虐戀、分離的故事漸漸活成了充滿期待的劇情。

好書店的標準究竟是什麼呢？動聽的音樂、木質調空間裝潢、獨特造型設計、舉辦文藝展覽講座、供應香濃可口的熱咖啡？

也許晶晶是獨立書店裡真正的老店之一，至今我仍常常回想起，那一串美麗如同水晶的透明串珠珠簾，推開珠簾，在別緻的黃色燈飾照映下，有隻鱷魚坐在馬桶上靜靜看書。

如今世界不需要鱷魚，而需要更多懂得噴火的火龍，上街和人類戰鬥。
撒花加上藥水，挑戰十公里長征。
可惜我終究沒能蛻變成一隻小火龍，打開孵化器，只有一顆火龍果。
在安靜的午後，跟蘋果、橘子、芭樂躺在冰箱。

女子漢

假扮的天使

有段時間，我常跟一位長髮男孩見面。

約在松江路口，說好要散步去小巷中隱密的拉麵店用餐。你一見到我從捷運的閘門口出來，立刻朝我跑來，接著是好幾分鐘的流淚時間。

「阿菊走了，我媽走了。」

我聞到來自長途客運上椅背的塑膠窒悶氣息，還有汗水、泥土味，因奔波出現油垢的頭皮味。你的母親留下一身酒氣，還有未繳納的健保欠債。

母親的逝世，讓你必須爬上陌生的山頂找尋安葬墓地。每次的上山，都像在提醒自己的身世之謎，一半平地人一半山地人的混血記憶。

翻開皮夾，你長得與母親幾乎如出一轍。MSN尚未休眠的年代，你的大頭照不是放徐若瑄就是母親阿菊。

你在新光三越的化妝品專櫃打工，在周年慶假扮天使。
戴著華麗的白色翅膀，賣面膜跟口紅。

「Vivian嘿！
假扮的天使　看看那傷痕
Vivian嘿！
假扮的天使　有一點諷刺」

跟著音樂動感熱舞搖擺，即使是假扮的，裝久了你也相信那就是自己。

學生時代的夜晚，在小小的租賃套房裡，我們會一起看化妝節目《女人我最大》，牛爾老師、凱文老師總是用非常細膩的手法幫那些女藝人保養化妝，你敷著燕窩面膜，拿出永和三美人粉撲在臉上依樣畫葫蘆，從煙燻妝到名媛風，沒有任何技法難得了你。

午夜一過，把自己打扮成徐若瑄，在小房間裡戴著髮夾旋轉跳舞。

母親將你生下後，便失蹤了。自母系一脈相承的原住民特質卻遺留跟隨你，皮膚白皙、雙唇紅潤，深咖啡色長髮柔順地披在肩膀上，像完美的絲絨質地布料。

住在同一宿舍的他系男同學，曾經在停車場對你挑釁。鬧哄哄的一陣歡樂喧嘩，逐漸朝你逼近。

「幹，是男的啦。」

世界又安靜下來，連老是發不動的摩托車都有些落寞，牽著車去車行修理，所有惡意或嘲弄都無法擊垮你。

冬末初春，皮膚循環性地嚴重過敏，我的脖子和肩膀爬滿了細小的紅色疹子，而你的手臂、手腕、腳踝、腰間被傷疤與抓痕佔領，在膚色以外我們的身體也有了其他共同焦慮的色彩。

那些淺粉紅到暗紅色的疹子，有些傷口還在流血。

「好想談戀愛哦……」你說。

「微笑體育用品店的店長真的很帥耶，大概一百八十五公分吧。你覺得我們站在一起怎麼樣？應該很相配吧。」

你化好煙燻妝，我們騎車至逢甲夜市路口，等待你暗戀的男孩下班。為了和暗戀的人說上話，你拿著辛苦打工的錢，買了好幾雙球鞋，卻得到對方一句：謝謝光臨。

你等的男孩和女孩走了，我等的女孩和男孩走了。

那些年我們聽到了什麼？大概是銘謝惠顧的愛情。

跑去參加熱舞社。苦練一年三百六十五天，就為了聖誕節舞會，在同樣的舞台上共度短暫的十分鐘。

熱心幫社團的女生保養化妝，登台前才發現對方就是你暗戀的男孩的女友。

「Go Disco Dance
讓我躲在黑夜裡
不要讓你看到我流淚
哭泣的臉」

站上舞台你甩著頭髮，和其他女孩們一起青春熱舞。

檯面上紀念青春的電影太多，《致青春》、《那些年我們一起追的女孩》、《我的少女時代》，可惜這些青春片裡找不到我們的影子。你說，是不是應該看《壁花男孩》，我說應該是《冥王星早餐》，萬里尋母的男主角，美豔絕倫。黑道大哥或流浪魔術師都為他神魂顛倒。

隨身攜帶化妝包，眉粉、眼影、睫毛膏、補妝凝膠、遮瑕棒、瞳孔放大片……。拿出長尺，你量起頭髮的長度，並在記事本上寫下以公分為單位的紀錄數字。如同每日測驗和評量標準，0.5公分，1.8公分，將看似少許的微量增幅準確地寫在護髮日記。

母親過世的那一天，你的頭髮已經長過背部中間。

我察覺你甚至開始穿起女性小背心，滾邊的純色肩帶，從寬闊的肩膀邊緣自然展露，斜肩造型的湖綠色長版毛衣，所有捷運站的人都要多看你一眼。

就像蛇脫皮的軌跡，整個蛻變過程，無人知曉始末，待發現時已悄然成形。

「哇，已經這麼長，可以拍洗髮精廣告了。」

長髮的末端一路延伸至露肩毛衣內，在那下方，應該有淺膚色平坦的乳，與你雙頰同樣柔嫩的肌膚。

你擦乾眼淚，背對身，往前走。靜美的秀髮充滿光澤，像月光灑在海洋上。
我知道，你再也不是假扮的天使。

女子漢

顧城別戀

在Google搜尋顧城的照片，總能看見他戴著一只布帽，顏色多樣，灰色、白色、黑色、花紋圖案，各款式都有。

據說這個帽子的材料是從單寧布料的長褲，剪下一塊布料，戴在頭上成了帽子。有點像煙囪，也有點像廚師帽。

作為中國朦朧詩派的代表人物，顧城的人生不冒煙，但是很冒險。

電影《顧城別戀》找來美型男馮德倫作為演出顧城的人選，外型俊美、眼神憂鬱，看似頗合格。不過，演出已逝者向來不容易，如同飾演國父、蔣公、宋家三姊妹等，歷史的人物形象早已擺在眼前根深蒂固，壓力實在不小。

顧城的照片看起來有一種老是病懨懨，蒼白文弱的感覺。從網路上的資料顯示，在激流島上，他和太太雷米，情人英兒是一段三人行的時光，甚至太太工作，供應他和年輕的情人生活。最後，小三離他而去，顧城精神狀況越來越差，受不了生活中的一切，先殺了妻子再自殺，消息傳回中國，震驚整個詩壇。

在中國大陸的搜尋網站曾經如此討論顧城，網友們的回覆留言相當熱烈。例如：

「這不就是個臭流氓嗎？」

「黑夜給了你黑色的眼睛，你卻用它來翻白眼。」

流氓不流氓，終究是個人意見。作者已死，也許該把詩和人分開而論。不少人聊到顧城，都會提到「童心」說，源自於他的詩：

「我是一個任性的孩子
我想擦去一切不幸
我想在大地上
畫滿窗子
讓所有習慣黑暗的眼睛都習慣光明」

與其說純真的童心，不如說害怕被拒絕，無法接受世界上不美好的一面。待在中國很苦，就逃走，逃到天涯海角的激流島，組成一個家庭很苦，無法承擔作為父親與丈夫的責任，便另闢精神世界的感情出口。

大多人說顧城是危險情人，於是我用免費星盤簡易查詢了他的星座。一九五六年九月二十四日生於北京的他，太陽天秤，火星雙魚。網路上如此詮釋火星落於雙魚座的人。優點：感情細膩。缺點：軟弱憂鬱。

命運能不能預測很難說，但性格卻是有機可循。初次讀到朦朧派詩感到迷幻完美，在曖昧的語境裡，所有情感都像是拿著鉛筆細細素描。

大概是用全身的柔軟輕盈去抵抗世界的殘酷吧。

初次讀到這些資料感到不可思議，關於小島上的自生自滅，也讓我想到經典的《蒼蠅王》，看似遠離社會文明的小島，人們依照本能的慾望與需求生存。顧城如此嚮往桃花源世界，他認為的至善至美，究竟是什麼模樣？會不會，世外桃源和蒼蠅王只是一線之隔。

至今我仍記憶深刻，看完舞台劇《暗戀桃花源》的心情，整齣戲演出近三個小時，前面兩個多小時的劇情彷彿都是為了最後那一分鐘布幕墜落下來的準備，數小時繁忙人生的奔走，迎來揮之不去的，綿長的遺憾。

布幕的落下是劇中人物的解脫與結束，也像是在告訴觀眾，無論多麼用力細膩描繪尋找，桃花源本不存在。

「我要像果仁一樣潔淨
在你的心中安睡
我要匯入你的湖泊
在水底靜靜地長成大樹」

憑直覺去追尋，尋覓到的是什麼呢？
馮德倫在草地上，脫光了衣服，還戴著那頂褲腳剪下來做成的帽子。
詩人背後的天，雲朵還很白，藍天還很藍，就像一塊等待墜落的布幕。

美少年之戀

從網路上的資料顯示，《顧城別戀》和《美少年之戀》似乎是同於一九九八年上映的，後者得到了極大的迴響。

馮德倫的美男子形象在鏡頭前特別漂亮。他眼波流轉的往吳彥祖看去，吳彥祖也含情脈脈的回他一踟躕曖昧的眼神。

兩個美少年談戀愛，中間夾著個舒淇。二男一女搭檔，是男同志電影常見的其中一種類型，比如李安的《囍宴》，《男朋友‧女朋友》或《盛夏光年》。女性的存在，大概就是為了幫助男主角發現自身性向。更善良一點的甚至幫助男主角找到真愛。

可是，人世間的真愛，有這麼容易嗎？往往很難。

Ture love is like seeing ghosts.

老話一句，東西方皆是。真愛像見鬼一樣，人人都談論過鬼，只有少數人親眼見過，多數人見的大概是墓旁的鮮花。

情人節有，清明節也有。恭恭敬敬演一齣愛情的模樣。

馮德倫在《美少年之戀》裡的角色是伴遊男郎。某天無意間在中環的露天茶樓遇到吳彥祖，便一見鍾情迷戀上對方。同行業的室友警告他：「做我們這一行的，最忌諱戀愛，因為戀愛容易使自己受傷。」

把真愛收起來。

歡場無真愛，唯有逢場作戲。

吳彥祖的角色被設定成警察，軍帽與軍服正是禁錮的隱喻，彷彿一日穿上警察制服，對自己的壓抑就多一日。正直、守法、紀律，當個好人。

當個好人的條件不是不能談戀愛，而是不能在父親的眼皮底下談男男戀愛，收起慾望，和馮德倫相敬友好、平淡禮貌的往來。

D. H.勞倫斯的小說《普魯士軍官》裡，大軍官擁有權力，內心卻無比空虛，每一次發洩情緒壓力的方法，就是對小軍官濫用權力的虐待，在肉體或心靈上懲罰對方，軍服本身即是束縛綑綁。《美少年之戀》裡軍權、父權同時壓迫吳彥祖的內心，當被父親目睹戀愛事實後，選擇一躍而下，往死裡去。

二〇〇〇年以前，講到同志戀情的結局，還能有什麼想像？殘酷點的編劇，讓主角一躍而下、重病過世、離奇死亡，善良點的則安排他們消失去向或出家隱遁。

90%的浪漫，最後Ending總要配上10%的絕望。像美人魚拿歌聲換雙腳，走上了陸地卻不能談戀愛，從不敢說愛到不能說愛，不是農曆年賀歲片，不夠政治正確，不能皆大歡喜。

奇妙的是，許多男同志電影都相當賣座。從《囍宴》、《春光乍洩》、《孽子》、《藍宇》、《斷背山》……《十七歲的天空》。

這個世界需要更多美好的祝願，如同郎雄在河邊對賽門默默說的那句話：

「I watch, I hear, I learn.」

然後，美少年與美少年有情人終成眷屬。

女子漢

旅行之書：惶然錄

倘若要提起旅行中的必備之書，莫過於葡萄牙作家費南多．佩索亞（Fernando Pessoa）的《惶然錄》，內容充滿各式所見所聞，奇思異想，透過大量篇幅談論愛與孤獨，反覆討論人的存在本質。

聽說費南多是妙語如珠的雙子座。本來以為不過就兩種思維，一端正一傾斜（或一天使一惡魔），可是這傢伙太可怕，據說他有七十二個筆名，（其中當然也包含最原始的那一個Fernando Pesso），好像一粒沙見一世界，還是千手佛或萬花筒。

幾次前往異國旅行，我搭上高鐵、飛機、快速列車、郵輪，乘坐了四五種交通工具，最後步行踏上小島的土地。印象中，那是一班開往韓國南怡島的青春列車，我打開《惶然錄》配上香蕉牛奶。才想起費南多．佩索亞的傳聞，據說他一輩子沒去過任何其他城市，他的旅行是房間內的旅行，街道上的漫遊，腦海中的幻想。

他表明自己從來不探望拜訪生病的朋友，也拒絕所有人在自己身體不適時給予關懷。「我從來沒有愛過誰，最愛的東西也只是一種感覺。」而他卻也在其他篇章，無意間坦承自己其實不斷地避免體會孤獨所帶來的疼痛感受。他分裂自己，如同書內無數次提到的，自己體內尚有另一個思維怪獸哦。這些吉光片羽的思緒，閃亮亮一下，充其量不過是他自己的影子，從起點直至終點都未消失的眼光。

憐憫、勇氣、關愛。

關於愛的陌生，也許也能稱得上一種陌生化的起源吧，陌生化讓他建構陌生人、說陌生話、最後陌生自己。佩索亞認為，自己被愛是一件絕無可能的事。可是，偏偏《惶然錄》確實是一本花費大量篇幅時間談論人與孤獨共處的一本散文集。在思想的旅行中，他創造生活與自己的世界，偶爾也不再抬頭跟上帝對話了。那世界裡面有他創造的朋友（分身角色），有男朋友女朋友，也有讓他深深著迷，神祕、快樂或哀傷的往事。

有時貪心，有時滿足。

「如果我不能設法寫得更好，為什麼還要寫作？」

他說寫作像吸毒，但是持續服用這種毒藥卻是必須，而且無以逃避的。拒絕前往、拒絕拜訪真實世界，打開佩索亞的星盤，原來水星落在巨蟹座。命運注定的感覺派，孤獨像堅硬的殼保護著他的思想或一些被無止境延遲未歸的情感，並確保所有事物在驚喜或平淡的時刻都安然無恙。

打開書架上的《惶然錄》，蓊鬱樹林裡有著各式各樣的氣味，濕軟的泥地味道、茅草屋的乾燥氣息，烤玉米的香、紅豆包子的甜，島上的雪人默默記錄旅人的腳步。

原來我打開的不是這本旅行之書，而是我的回憶。

食物戀愛

不知道從什麼時候開始，用來識別動物進食的分類，也適用於男男女女的擇偶口味。

去過動物園的次數極少，印象中動物園的獅子老虎並不容易見到，牠們多半躲在深又黑的牢籠角落，露出一副理所當然又懶散的姿態，厭世般望著欄杆外面光亮的來源，好像前來參觀的人們都是些笨蛋。

可是，短暫片刻裡吃著大塊血肉的肉食虎獅，沉醉而毫無防備的表情，才更像是笨蛋。

尾巴都安逸地擺放下來了，相當鬆懈。

動物也許可以對應到星座的喻示，我曾經遇過幾個獅子座的女性，昨晚才剛認識，隔天就送午餐上門，叮咚叮咚，開門一看，餐點有多用心，就表示他們來電的指數有多高。

肉食系女王，主動積極求愛的女性開始被這麼稱呼。

相反，被動溫馴如綿羊、白兔類的可愛動物，則被歸類為草食系。

特色是害羞。

網路用語曾經如此流傳在臉書、電視新聞、大街小巷、各種朋友圈，包括「你是我的菜」、「某人是某人的天菜」、「再怎樣不修邊幅也是一盤好菜」等。

談戀愛變成食用哲學，變成享受品嘗，有時候也像串燒一樣，培根佐青菜，奶油配上杏包菇，迷迭香撒上雞腿，什麼劇情故事都可能發生。

長達數年的時間，我總是無法準確而具體地說出喜歡哪種類型的人，所幸透過吃，還能很明快辨認出不喜歡的選項。

想到吃，就覺得快樂。

前往熟悉的餐廳，打開菜單，向侍者盤點慣吃的菜餚，然發覺隨不同的友伴進餐，菜色的美味程度也起伏變化。

關鍵倒不是在於價錢的平價或昂貴，該怎麼說呢，像是料理中被添加什麼奇異的香料，有時候一盤平淡的水燙青菜也讓人賞心悅目。

大概是一種朦朧的感覺。切片擺盤的黃色美得像月亮，不單只是酸醃黃瓜。

「我真的已經吃飽了。」共餐的女子放下筷子與湯匙的手相當遲疑，抬起頭一臉飢餓的對著我說。從對方努力隱藏壓抑的眼神裡，流露出「呷未飽」的忿忿心意。

我意識到了，便請她不用介意，暗示對方再度拿起筷子，夾些肉啊、菜啊進碗裡，或者乾脆主動夾取一些對方眼神停留之處的餐點入碗，代為效勞。

一陣推託婉拒之後，毫無例外的，她們都吃了。吃得比先前進餐時更起勁、大口，更肆無忌憚。

愛的感覺，在此刻最坦裸誠實。不是覺得對方「好可愛」就是「好可怕」，只有這兩種選項，此外全無。

看著餐桌前的另一半，「好可愛」的，繼續把她留在電話簿裡，或考慮拿出筷子夾過來，存放在內心的保溫盒。

終於明白，「你是我的菜」這句話適用的最佳時刻。內心的小劇場，行走出一排旗號兵，吹響小喇叭、打著三角鐵或沙鈴鼓、搖動勝利旗幟，用腹部丹田的力量疾呼。

我喜歡安靜巷弄裡的咖啡店、改良的時尚川菜館子、深夜裡的日式居酒屋、路邊攤三角窗的小吃店鋪。和喜歡的友伴共餐，距離可以坐得稍近一些，手肘碰著手肘，不感擁擠反而加倍親密，一人一座的個人火鍋也極佳，保持著些微的空間，用來堆滿蔬菜丸子甜湯，特別的盈滿充實。

著迷於迴轉壽司的人，不知道屬於何種心態，有種等待獵物上門的心機，大老遠先以眼光投射搜尋，一盤又一盤標價不同的握壽司或生魚片，從遙遠的廚房深處依照固定的迴圈緩緩而來。燒炙鮭魚或明太子醬魚壽司，通常會以噴槍火烤，上半部帶著焦味，下半部緊黏米醋飯，表面的生魚肉片被烤得半生不熟。

半生不熟是曖昧的型態。這類生魚片入到嘴內，特別滑順，只需沾些日式醬油不加芥末醬就滋味十足。

食畢，捨不得馬上起身離去，抵家後還想念方才嘴裡的觸感。

女孩通常有第二個胃，吃完鹹食，再來甜點。

有鹹有甜，要吃飽又必須兼顧情調，不只是白麵包與開水，松阪豬下肚後再來一盤冰淇淋七彩馬卡龍。單吃甜點即能滿足的女孩，更重視精神情調，其他多數往往是渴望財情二全的情節，作為伴侶口袋要夠深。

吃、吃、吃。

超過二十個小時以上，和另一個人共處，早餐、午餐、晚餐甚至包括午茶宵夜，即使未進餐的時間裡也能感到自在，毫無疲倦、厭煩，對我來說似乎是不容易的事。

「啊，差不多了吧……竟然過了這麼長的時間，該回家了。」內心如此對自己說。

腳步不自覺想往車站移動，用各種明示暗示，渴望提前結束聚會。

幾個女性朋友們結婚生育後，幾次聚餐時光都見到她們拿出小小的食物剪，將各種食物剪成更小的體積形狀，避免親愛的嬰孩噎著。

人妻將各種料理，少量分次夾入碗盤，以極其悠緩的速度餵養嬰孩，自己倒是一口也沒吃，她們的雙頰略凹陷下去，坐在膝蓋上的孩子臉頰膨脹起來，原來進餐的故事裡也存在著犧牲的愛。

這些人妻們，什麼沒吃過，肚子裡老早蓋起甜點王國，鬆餅、巧克力、卡士達、布朗尼、可麗露，所有青春少女的痕跡都還在體內深處散發舊時光的甜蜜記憶。此刻她們的人夫則大多靠在沙發或電視前按著遙控器、滑手機、玩電動遊戲、看轉播球賽，忙得不亦樂乎，另一些則是提早進入夢的懷抱，深深打盹睡去，像尊臥佛，從前世睡到今生，已然成仙。

我想攜帶野餐墊，跟好友們一起到草地上野餐。大樹下，在午後的微微倦怠裡，快樂的吃、努力的吃。火腿三明治、櫻桃可可蛋糕，再沖泡一杯熱英式早餐茶，不馬上將嘴巴旁的果醬擦乾，脫去鞋子踩踏草地上的泥土。

熱戀要小吃、失戀要大吃。品嘗讓我心情愉悅，彷彿所有一切依然是青春的模樣，囤積繼續作夢的力氣。

輯五　濕情搖滾

請回答，一九九七

華嫂、阿信嫂、霆鋒嫂，少女們總是在遙遠於適婚年齡以前的青春期，聽完劉德華的〈忘情水〉，五月天的〈瘋狂世界〉、〈志明與春嬌〉還是謝霆鋒〈謝謝你的愛〉，還沒來得及把專輯的包裝紙丟掉，就在記事本寫下：「我要嫁給華仔」、「阿信是我老公」，國文課堂默寫課文順手寫了紙條，放在蘇東坡旁，老師隨手打開一看，署名「霆鋒嫂親筆」。

「霆鋒嫂是誰？給我舉手！」

老師問了卻沒人敢承認。班上五十個同學只好低頭把〈赤壁賦〉課文再抄一遍，上篇抄完的就抄下篇，有些同學順手幫蘇東坡畫上張飛的鬍子，跟幾塊塗得烏黑、看起來如醬油滷肉的食物。最後，勤勤懇懇的把課文名稱用紅筆畫掉，改成鬍鬚張魯肉飯。

老師提高音量、更改問法，以為揪得出兇手。萬萬沒想到少女情懷的心思，走向愛情之前只需要做一件事，把眼睛戳瞎。

「好啦。大家眼睛都閉上，霆鋒嫂是誰？給我舉手！」

一個、兩個、三個……像暗夜裡點燃的燈火，我從偷瞇著眼的幽微隙縫，看見前方紛紛舉起手，整個城市都亮了起來。

九〇年代的愛像放天燈。冉冉上升，直抵最亮最高的青春。

後來，朱麗倩嫁給劉德華，謝霆鋒娶了張柏芝，又跟王菲世紀大復合，五月天阿信依舊單身，從那些年追到這些年，少女變大嬸，舉起手的又放下手來，天燈飄流到遙遠不知名的彼岸。

二手唱片行一家家關門大吉，專輯裡的情歌不知去向，記得起飛的感動，卻從來不懂得追究終點。

歌詞是詩，唱完了便隨風散去，臨時寄放的情意與安慰，不需要任何落腳處。

再慢一點，如慢動作般，用指尖拆開包裝，在完全打開CD專輯以前，我想先懷念A與B。

ABCD按照字母順序念下去，聽起來順暢又合理。從錄音帶A、B面前往單片CD的年代，A面的意義與B面截然不同，A面往往代表正面，歌手往往會把快樂的舞曲或電視台主打歌收錄在A面，不受唱片公司青睞的創作曲，較為小眾的、實驗性更強的曲風，則悄悄出現在背後的B面。

A面與B面也像人的外表與內心吧。

前一刻是站在群眾前的模樣，後者是自己的小劇場。

我總是特別珍惜B面的歌，聽完歡快的舞曲之後，按下退出鍵的按鈕，將卡帶從錄音機中取出，轉個方向換到B面，那些隱藏在背後無法傾訴的心事，過於害羞不能直接告白、必須轉過身去，遮遮掩掩甚至帶有點扭怩的姿態，摸摸胸口，等待夕陽落下，黃昏走過。最後於深夜裡迎來一首B面的歌。

A面是白日，B面倒像黑夜了，又像時時跟隨於背後的影子，有時拉得長、有時顯得短，長長短短，歡快悲傷，都被旋律捲進同一副卡帶。

張惠妹的《姊妹》專輯是初次購買的卡帶，B面有著〈剪愛〉、〈背叛〉、〈愛到不能收〉、〈認真〉、〈空中的夢想家〉，〈慢板曲調〉、〈悲傷情歌〉，最後一首還特別適合作為晚安曲，演奏至最末處，收音機緩緩將所有磁帶捲入另一端。

時間定格靜止，不再出聲。

世界安靜下來。

喜歡上音樂，也喜歡上凌晨的廣播節目。那時候許多新專輯正式發行以前，總是率先由廣播電台放送，主持人在深夜的空中悠悠的或爽快的喊出：「Hito首播！」再配上一連串緊密俐落的鼓點音效，學生時期喜歡在深夜聽阿妹、莫文蔚的情歌，DJ介紹完當期專輯後總是體貼的開放聽眾朋友Call in點歌，先朗讀傳真或親筆寫信至電台的聽眾心事，邊讀邊回應，同時緩緩置入音樂前奏。

旋律從微弱漸強，由背景音樂變成主題曲，一則又一則青春私密信息在空中飛翔。

「住在士林，三年甲班的蝙蝠俠呢，他要點播一首莫文蔚的〈電台情歌〉給西門町美國二手街的店員小美。」

「蝙蝠俠說：上次和同學們去逛街時，在妳打工的滑板店裡聽見這首歌，覺得很好聽，希望有機會跟妳再聽一次。」

主持人開啟錄製好的罐頭笑聲，連播幾次，間接告白，「希望蝙蝠俠的心意，小美也能順利聽到哦！」

那時的ＤＪ群不太露臉，形象愈神祕，粉絲愈多。其中尤以光禹最紅，大牌歌手、知名港星來到台灣不能少的宣傳行程絕對有午夜的夜光家族。他的聲音裡有一種乾淨與無害，好像從來沒有遭受過職場的明爭暗鬥或是社會拼搏裡的風吹日曬，像在另一個獨立的遙遠星球，用小王子般的聲音給大家說故事。

他用童話般的聲音邀請夜裡的小貓入夢。

幾個夜晚我在女校宿舍的上舖床位，翻來覆去，承受著失眠之苦，小台行動隨身聽傳來B612星球般美好純真的故事。

請跟我說話。

請唱歌給我聽。

「現在我打開門，你就進來吧！」

除了天生溫柔聲線，討喜的是清新的口氣。

曾經有幾次在不同的歌唱比賽節目，聽到如此說詞：「口氣，讓我聽到你演繹的口氣。加油，好嗎？」身形微胖的男性評審老師，從靠椅後方緩緩地挺出肥厚的鮪魚肚，放下麥克風。

「喂，我是阿妹。

我現在不在家，不能接電話。

你不要再打電話來了，你不要再打電話來了……」

戲劇效果十足的開場白，如同舞台劇般帶著唱感口吻的歌詞，邊念邊唱逐步進入主段結構，口氣漸強，層層逼近核心，多年以後恐怕早已被視為不合時宜、Old School編曲風格。在嘻哈Rap還沒完全淹沒華語樂壇，流行歌曲表達愛情的口氣似乎從來不需要繁複的混音後製。

伍佰也曾經放下吉他，憑藉一台鋼琴伴奏演唱〈夏夜晚風〉，鋼鐵男子的B面是無限柔情，唱到中間段落，低頭等待清脆悠緩的琴聲，即將念出口白歌詞時，中年搖滾大叔還顯得有些害羞。

「不知道怎麼搞的　最近老是作這個夢
可能是我癡情　或者是我太笨
總之　夢很美　妳也很美　只是我還在等」

除了〈你是我的花朵〉，大概是伍佰唯一粉紅色的時刻。

口白的存在相當微妙，可獨立於整首曲子以外，但又鑲嵌在曲子以內。有時也像整首曲子的註解，咖啡上的造型奶泡、花束裡最後放入的滿天星。

從一九九〇到一九九九，從電台的台歌到廣告的商品歌曲，專輯熱銷幾百萬張不是難事，十首歌就有六首能拍成音樂錄音帶。

可是，收音機、CD播放器和白襯衫、黑色高中制服裙，如今一起躺在倉庫收納櫃的角落，灰塵覆蓋所有聲響。

大門緊閉。

九〇年代沉沉睡去。

狗仔隊帶著大砲般的攝影器材來到台灣，港星卻再也不來了。人紅是非多，愈神祕的角落，愈能激發眾人的好奇心，光禹被偷拍，他只好戴著鴨舌帽、口罩，連老闆小燕姐都認不出來。被迫從A面回到B面繼續生活。

想起一九九七年，劉德華穿著少數民族款式的艷紅色服飾，登上大型舞台，唱出〈中國人〉一曲。

「手牽著手不分你我　昂首向前走
讓世界知道我們都是中國人」

乍看之下，一首似乎可以放在A面的曲子，讓香港回歸中國了。

我和暗戀的人卻終究沒有牽起手來。

國文課堂上，老師寬容地叫大家把手放下，表示想要嫁給誰都沒有關係，記得放學回家之前去西門町的服裝修改店把裙子長度放長一點。

那年我沒有聽到白曉燕、張雨生或複製羊桃莉的哭聲。

我學會買CD，而不是AB面的卡帶。

「手牽著手不分你我　昂首向前走
讓世界知道我們都是中國人」

從此以後，我的B面又該何去何從？
請回答，一九九七。

手機情歌

看見你們在台北的捷運或地方的公車上，從口袋、書包裡拿出手機或是iPad滑來滑去，就可以滑出遊戲、音樂、電視劇，搖一搖，就能夠搖出新認識的朋友。可是，就在你們剛出生沒多久的那個年代，台灣的大人跟學生幾乎多半還使用著一種叫做BB Call的傳呼器，只有手心般大小，窄窄的黑白螢幕，靠著一串咒語般難解的數字，1314、520……哦！從數字諧音仔細聯想，你發現這可能是暗戀你的人傳來的密語哦！

是不是聽了霧煞煞呢？打開你們最愛的App、KKBOX、MP3或是youtube吧！在搜尋欄位輸入范曉萱的〈數字戀愛〉，在一九九八年的這首MV歌曲裡面，她拿著暗沉又厚重的黑色手機，那時正是台灣通訊傳播的革命時刻，從只會嗶嗶叫的BB Call初初進入可以通話的手機年代。以時髦程度來比喻的話，就像現在最新款的

iPhone蘋果手機一樣，拉風得不得了，不僅老師看了驚呼連連，所有同學也跟著羨慕嫉妒恨。

范曉萱在歌曲裡面這樣唱：「3155530都是都是我想你，520是我愛你，000是要Kissing。」你們是否曾經想過，爸媽在求學或戀愛時代，沒有熊大兔兔貼圖，也沒有臉書的愛心禮物，而是一串乍看之下，看攏無的天文數字。台灣在二〇〇〇年左右表達愛的方式仍帶有一種保守又迂迴的曖昧害羞，在那個幾乎需要大量運用文字跟數字的年代，會看到路上許多男女腰間或提包裡嗶嗶地響起各式呼喚的響鈴聲音。透過數字來表達一種事件、或一種心理狀態。505代表的是SOS救命幫幫我，1314代表一生一世。好短的數字，好深的含意。

接著，那年代的學生們初次嘗到「低頭的快樂」，老師站在講台黑板前，講解三角函數跟二次方程式，還有朱自清的〈背影〉，他父親的橘子在火車站鐵道旁來回不知道滾了多少次，老師講得眼眶泛淚、嘴角冒泡，粉筆替換五六種顏色寫了又寫。而我們在抽屜底下的制服裙、運動褲上拿著諾基亞玩手機遊戲「貪食蛇」。小小的螢幕，要創造出長長的路徑，在迷宮裡不停逃逸遊走的一條蛇啊，彷彿就是被課本跟升學壓力緊緊追趕的學生，來來回回，繞了又繞，轉了又轉，在學測或指考以前毫無出口。

後來的校園裡、街道上，開始流行人手一機，陳小春帶著手機從香港跑到台灣，一首〈0932〉門號情歌唱遍大街小巷，每當情侶吵架，或女孩子想要逃避勾勾纏的追求者時，只有一百零一招：「關機」。也許你們現在都相當帥氣地選擇「已讀不回」吧？在青春期的時候，千萬不要被軟體的社交壓力給綁架了，幾個班上的好朋友們基於友情關係，都被加入同一個LINE群組，群組名稱相當多變，例如：取暖討拍群組、瘋人院、美美der七仙女、畢書盡後援會、我愛EXO……等等，隨著已讀數字增加，似乎不馬上點開手機就會錯過大家的即時熱門話題，可能被責怪，嚴重點的還因此患上訊息恐慌症。

爸媽在戀愛的時候，為了回一則訊息，也許在某個落大雨的夜晚撐起傘，全身濕淋淋跑到公共電話亭排隊等候，投下五元、十元的零錢硬幣只為了聽取彼此簡短的口訊留言。那個時候，等待一個人、等待一句話、等待一則回應，彷彿都是那麼地久天長。他們是如此專注並且善於等候，或許這就是學習愛情的第一堂入門課吧。在長長的等候之中，用耐心建立起一對一的信任感。

打開手機App，數字情歌從老歌到新歌仍然熱熱鬧鬧，唱個沒完。張學友〈一千個傷心的理由〉，方大同的〈三人遊〉，張惠妹的〈三天三夜〉，徐若瑄的〈四次我愛你〉，S. H. E.的〈五月天〉，歐得洋的〈六色彩虹〉，蔡依林的〈七十二變〉，周杰倫〈八度空間〉，五月天的〈九號球〉，最後來到蘇打綠的〈十年一刻〉。你們也喜歡聽歌嗎？下次用手機聽歌的時候，不要急著回LINE，好好享受屬於你的數字情歌，你的個人時光。

記得，下次傳送情歌給好朋友，可別按錯選項。戴愛玲唱的那首叫做〈對的人〉，蕭亞軒的歌名則是〈錯的人〉。不過，要用來拒絕告白的話似乎挺適合的。

濕情搖滾

住在公寓樓下的單親母女，近期總在深夜來按門鈴，說是天花板漏水。滴滴答答。

那女兒的臥房內，書桌與床鋪各自放滿卡通造型臉盆，迎接自高處落下、黃濁色帶有油垢氣味的污水。

「拜託！檢查你們家的木板好不好？底下一定都是水。」

最初搬屋裝潢時，家人特地交代師傅於原磁磚上方預留空間，架高幾公分，鋪製木頭地板。此後，三樓和四樓的夾縫裡，遂存在無人探問的空隙。

走進樓下房客的房間，不到四坪的單人房，硬是塞進一雙人床於弧形的屋角，在蒼白的燈泡照映下像是月亮的半邊側臉，有點哀情的氣氛。

「我們母女天天擠在一起睡也不是辦法。趕緊叫水電師傅吧！」

當水平儀、虎頭、路打等工具堆在家中客廳，潮水從露出的木片縫隙逐漸浮湧擺動，我才驚覺事態嚴重。木板被一片片拆卸下來，疊在樓梯轉角，「哎唷！怎麼會有這種玩意兒……」師傅彎著身，從木板內層緩緩抽出黏著頭髮跟濕潺紙屑的深色硬殼物體。

用抹布擦拭後，原來是一台小型手提音響。

音響上的廣播頻道搜尋數列仍停留在91.7，那是十五年前台北地區的ＦＭ音樂聯播網頻道。「停不了的音樂，關不掉的收音機」女歌手把同一首電台台歌從快板唱到慢板，HipPop、B-Box到Jazz 藍調，喧鬧到幽靜，白天到黑夜，晴日到雨季，歡快到傷慟。

拉伸擺動它的拉桿天線，從FM87 到108，轉動搜尋按鈕。

我也曾在無數個夜裡，重複如此動作，試圖把某些熟悉的女聲轉進來。母親離家後的幾年，隨著窗外雨聲引起的偶發性失眠，夜間ＤＪ總是從遙遠的彼方播放幾首抒情搖滾樂曲，旋律穿過雨勢起伏，擺盪進耳裡。

體內某處，彷彿也開始有著滴滴答答的聲音。

共度親密的夜，最後溫柔體貼地說一聲：晚安。

零件受潮泡水的廢棄收音機，再也無法聽見更多問候。轉來轉去，記憶裡的頻道已然消失在十五年前。

我忘記自己是否曾經Call in參加電台歌唱大賽，拿著話筒假裝是ＫＴＶ麥克風，伍佰的〈夏夜晚風〉或張雨生〈最愛的人傷我最深〉，唱到緊閉雙眼陶醉忘我；卻想起日本男演員小田切讓在電影裡悠緩訴說，他讓罹患癌症末期的母親躺在醫院的病床上，或睡或醒側耳傾聽兒子與主持人講述那些繪畫與情色之間荒謬的塗鴉故事。

廣播從數十台到百家爭鳴，是否也悄然錄下從未發表的悲傷。

廣播中ＤＪ快訊報導：張雨生在淡水公路疾速奔馳，最終飛上了天；或張國榮華麗轉身後的搖晃墜落。這些水做的男人，柔情如魚，最終都要游回大海去。

望向自家門溢出，漸漸乾涸的水痕。

夜照亮了夜，樓下的母女終於可以各自安睡。而我仍在回想與母親共擠一張床的童年時刻。

聽你，聽我。

Blue Flamingo

香港回歸中國的隔年，一九九八，王菲在《唱遊》專輯裡給她的女兒寫了首歌〈童〉，歌詞是這樣唱的：「你不能去學壞，你可以不太乖。」、「我不能太寵愛，我怎能不寵愛。」父親竇唯編曲，融入電子音樂、放克混音節奏，旋律裡有幾聲童言童語。這小女孩終究是長大了，前陣子在台灣的春浪音樂節引起高度關注，細瘦高挑的身形，聲音乾淨如母親，音樂素質則有幾分承襲父親創作中純粹的自由精神。單件背心，黑色緊身牛仔褲，在台上搖頭晃腦唱著英文歌，十九歲的她眼神天真又堅定沉穩。

竇靖童向觀眾揮手，右手掌心露出一個外星人圖案的刺青，同時唱出她的創作曲〈Blue Flamingo〉，遠遠望去倒像隻墨藍色的鶴鳥，單腳跳躍，輕盈吟唱。

可是，Flamingo 幾乎都是紅色的，因此叫做火鶴。藍色的鶴鳥，會否是不存在世界上的物種呢？

火鶴（Flamingo）實在讓人無法不聯想到西班牙的佛朗明哥舞蹈（Flamenco），在夕陽斜照的溪邊或鎂光燈聚焦的舞台上，大紅身影隨著眼睛視線左甩右晃、搖擺展開，火鶴可以獨舞也可以群舞，而佛朗明哥女子偶有獨舞，即使有伴搭配共舞，她也必須是舞台上的唯一焦點，那眼神從暗處掃射過來，地板鏘鏘作響，情節就此展開，各種深淺紅色蔓延隨著震盪的音浪流向腳邊，心底一驚，原來是血紅卡門，結合粗獷、細膩、美妙，仔細凝神一聽，靈動深沉之際又忽然轉入長長的靜默，歌詞旋律裡的低吟或高唱都像是溫柔暴烈的戰爭，多麼女性主義的一種雌性聲腔。

「Blue Flamingo」是鳥類？雌性？雄性？

王菲在早期使用藝名王靖雯，頂著超帥氣短髮勇闖香港樂壇，由林夕抄刀改寫台灣中性女歌手林良樂原曲〈溫柔的慈悲〉，遂變成〈藍色時份〉，承襲原曲內憂鬱清新的深情。

「又是藍色時份

沒有清清楚楚的愛恨
就算這個世界即將轉暗
就算即將歸去
無須開燈」

第一代少男系女孩，夢一般明亮嗓音，同年端著麵碗乘坐太平山扶梯，搖搖晃晃的走跳，戴著橡膠手套和圓形小墨鏡闖入梁朝偉飾演的警察663號的住家，在半山扶梯的窗戶內偷窺。

究竟是窺看夢境，或被夢境窺看？

香港的創作者不只一次把城市比喻成森林，始作俑者如王家衛的電影《重慶森林》、韓麗珠的小說《輸水管森林》、謝安琪的流行歌〈山林道〉，不約而同，都是一個個關於夢遊者的故事。遊走虛幻森林，便能成為任何角色，她可以是快餐店阿菲、可以是午夜快車的空姐、可以是竊盜者、浪遊者……夢中人無所不能，想變就變，不受故事腳本約束綑綁，肚腹隆起、懷胎十月，生下藍色羽翼的鶴鳥。

藍色鶴鳥，可以是顏色延伸想像的一種起源。淺藍色、深藍色、海藍色、鬱藍色、蒂芬妮藍、土耳其藍，用手捧起海水，卻在手掌心化為透明無色，冰晶、水滴、湖泊，有時顏色只不過是光線折射的映像，太陽給予雙眼的執著或偏見。

Blue Flamingo從森林出走，從海邊起飛，世界是夢的遊樂場。

竇靖童跟隨母親出道時的路徑，剪去長髮，她要當隻墨藍色的鶴鳥，一個世界上不存在的物種。

「Blue Flamingo why you crying
Please don't tear out those feathers of yours
Blue flamingo it doesn't matter
Got the time that I need to make you believe
Pink is good
Pink is swell
But I got my eyes on my blue flamingo」

短短的頭髮，酷酷的笑容，網友封她是「國民老公」，她幽默一回：「責任重大」。也許Blue Flamingo根本不是鳥類，誕生於香港回歸中國的那年，隨著鼓點聲落下，即是某種不可言說的聲音意義，一則寓言、一種傳說。

她的母親捨棄「王靖雯」，重新找回了自己的名字「王菲」，從「Shirley Wong」改為「Faye Wong」，這是否如同「千」與「千尋」之間的差異呢？有些時候，裸裸地朝向世界中心走去，不得不神隱的不只是自己的名字，還有更多隱喻的顏色，該扮演討好、夢幻的粉紅色，還是另一種藍色？

秋日已至，我坐在無雨的河邊，打開音樂播放App程式，聽著竇靖童的專輯《Stone Café》，那些種種被棄於舊時光，迎向藍色時分的胡思亂想。望向遙遠的八里彼岸，放鬆了肩膀與臉頰肌肉，眼前的流水與空氣，瞬間輕盈起來，並不很肯定我聽到的究竟是什麼，水面上除了按例來回行駛的小渡船，似乎浮盪更多光線與色彩的聲音。

童言童語，或一則難解的密語。

貝加爾湖

中國的男歌手李健寫了〈貝加爾湖〉，詞曲一人包辦，旋律輕柔憂鬱，彷彿真是遙遠西伯利亞傳來的歌聲。

「在我的懷裡　在你的眼裡
那裡春風沉醉　那裡綠草如茵
月光把愛戀　灑滿了湖面
兩個人的篝火　照亮整個夜晚
……就在某一天　你忽然出現
你清澈又神祕　像貝加爾湖畔」

初次聽到這首歌的時候，上網瀏覽貝加爾湖的風景與遊記，伊爾庫茨克的老房子、復古底片色的磚瓦建築，行過漫漫草原公路，直抵盡頭的藍色海水，明亮的湖泊深沉又清澈，與我腦海中想像過數百次的「世界盡頭」畫面極為相似，路走到了盡頭，相比於華麗氣勢，反而應該是寧靜平凡。

> 草就是草，海水就是海水。
> 世界的一切都是自然原貌。

湯唯在拍攝保養品廣告時說，結婚前的夢想是去大草原上生活個幾年，婚後想要帶著孩子去大草原過日子。她講的眼睛發亮，充滿夢想。我還沒去過貝加爾湖，只能聽歌，幻想海水、草原、古老的味道。

貝加爾湖不是熱門的主打歌，所以在網路上自然也沒有唱片公司拍攝的音樂錄影帶，或許是喜愛這首歌的網友找了許多風景照片，配上音頻和歌詞字幕，自行製作簡易的歌曲ＭＶ，竟也有百萬人次的點閱。

百萬人一起在不同城市地區聽歌、哼歌，也許是午後，也許是深夜，幾次晨醒或打盹的瞌睡時間，搖搖晃晃，共同恍惚入夢。

近年中國大陸的節目越來越綜藝化，我好像看到十年前的台灣，各式歌唱選秀節目流行，低調的李健也登上《我是歌手》唱了一期。如果歌曲中的感情故事能拿著刻度與量表來計算衡量，有些故事是幾個月幾年，李健唱的故事往往都指向一生一世。王菲幾年前在春晚的表演舞台上，靠著他寫的〈傳奇〉復出，意境遼闊的曲調跨越人與人的前世今生。

歌手李健有一種憂鬱寧靜的眼神，讓我想到詩人顧城。當所有人的世界都在快轉或持續向前行進的同時，他們的世界似乎永遠是慢的。

緩慢地說話，緩慢地行走。

一個人獨自面對世界。

安安靜靜。

顧城在〈世界和我・第八個早晨〉裡如此寫：「我需要，最狂的風，和最靜的海。」

「我希望，
每一個時刻，
都像彩色蠟筆那樣美麗。
我希望，
能在心愛的白紙上畫畫，
畫出笨拙的自由，
畫下一隻永遠不會，
流淚的眼睛。」

詩人自長褲褲腳剪下一塊單寧布料，戴在頭上成了帽子。像煙囪、又像廚師帽。料理或烘烤世界的風景。

每當我覺得困頓乏累的時候，會在睡前聽〈貝加爾湖〉再配上顧城的詩。

腦海中的旅行裡有西伯利亞火車，不眠不休奔馳連開幾夜，旅人們會不會在列車上吃北海鱈魚絲？

齒輪轉動下的游魚出聽，沒有琴師，沒有海鷗，也沒有美味的愛。

穿越國與國之間的列車長，使命重大，用一張車票來記憶家族或遠距離愛情，有時是父親、母親以及我。

我夢裡虛構的海，貝加爾湖。

富士山下遇見林夕

林夕曾經為歌王陳奕迅寫過一首情歌，叫作〈富士山下〉。歌詞是這樣唱的：

「曾沿著雪路浪遊　為何為好事淚流
誰能憑愛意要富士山私有
何不把悲哀感覺　假設是來自你虛構」

台灣歌迷應該更熟悉同首曲的國語版本〈愛情轉移〉，粵語、國語版本都是林夕填的詞。

初次聽到〈愛情轉移〉時，對於那像詩一般的歌詞驚艷不已。後來，聽了粵語版本，略略感到兩者其中的差異。〈富士山下〉寫的是兩個人無法在一起的遺憾，愛情轉移寫的是失戀後的療傷，同樣有著孤獨、無助、落寞。

我曾跟作家C一起去錢櫃KTV唱歌時，他點了首〈愛情轉移〉，大夥吃著牛肉湯餃、炸物拼盤，喝著膨大海或可樂汽水，尿急的上廁所，晚來的急點歌。他一個人拿著麥克風坐在螢幕前，癡癡望向螢幕專心唱著，好像螢幕裡的男子就是分手的戀人。

所有分手前來不及說的悔恨，要一次盡情傾訴。

C收起平時喜愛八卦亂說話又不正經的個性，安靜誠懇地望向發光螢幕。彷彿唱得好，唱得九十分以上，就能得到一次復合機會。或者，得到一次幸福的機會。

我看著螢幕中KTV的歌詞，點了粵語版的，大家再一起唱一次。

網路上流傳著這麼一個說法，林夕用富士山來比喻愛情。那段話好像是這麼說的：「喜歡一個人，就像喜歡富士山。你可以看到它，但不能搬走它。你有什麼方法可以移動一座富士山呢？唯有你自己走過去。」

林夕的富士山下愛情論，說的是什麼呢？原來愛情會讓一個人變得謙卑、服從、妥協。改變對方竟然是如此困難，能改變的只有自己。誰能夠爬上富士山，並且插上旗子在上面標示自己的名字呢？也許連富士山自己，都無法忍受這樣的事情吧。

曾經去日本旅遊時，遠遠地在山腳下的忍野八海遙望富士山，那時正是初春時節，富士山還在融雪，同行的旅遊團團員提著大包小包的伴手禮，而我拿著剛買來的，包著紅豆餡的草餅。呆望富士山，站在路邊捨不得回遊覽車。

我真正站在富士山下。

一時半刻，彷彿有那麼點明白林夕歌詞裡的意味。富士山頂的白雪以極其緩慢的速度在融解，純白的，幾乎與天空相連的山頂，哪怕我拍下百張千張照片，也難以重現眼前的感受，誰能夠補捉雪融化的瞬間與觸覺。

只能記憶，不能擁有。

電影《情書》讓中山美穗倒在雪地裡，《如果愛》也讓周迅跟金城武在雪地裡擁抱，懷念起初戀時光。

為什麼是雪呢？

有時是水，有時是雲，有時是冰，有時是雪。

其實本質從來沒變過。富士山收服所有玩世不恭的凡人，包括林夕，包括作家C，包括你與我。

女子漢

紀念張國榮

我很想從張國榮過世後的《繼續寵愛》專輯裡，舉出不可取代的經典成名曲。左思右想，發覺實在太難。這是歌手逝世後的紀念專輯，也是我購買的最後一張CD。

專輯封面是哥哥張國榮側臉淺淺一笑，花樣年華般的燈光，從明到暗，斜斜的光影打在臉上，同時保留明亮與暗影，光亮處彷彿是展現走過的燦爛歲月，暗處則像無人探問的內心，如影隨形。

還有太多動聽歌曲，沒有被收入，例如：〈為你鍾情〉、〈玻璃之情〉、〈當年情〉……數不清的快歌慢歌，或優雅或狂野的旋律。

打開電視網路，韓流正當道，全世界風靡，向來強勢、不輕易崇拜其他民族的韓國人，卻也在張國榮溫柔的眼神前低頭。

韓國人叫他：優雅王子、溫柔王子、美少男歐巴。

現在世界哈韓，韓國人卻曾為他深深癡迷。

當今熱播的韓國綜藝節目，《Running Man》、《強心臟》、《爸爸我們去哪兒》曾經以各種形式緬懷張國榮。播著〈當年情〉的音樂，或是跳著《阿飛正傳》裡面旭仔的曼波性感舞步，即使後來一票新舊男神模仿致敬，終究沒能跳得如張國榮那般自在浪漫。白色汗衫、白色睡褲，其他人跳起來像中年大叔在發癲，或像個賣鴨蛋沒收錢的小販，他跳起來卻是隨意本色。

我曾在閱讀榮格的精神分析理論時，發現裡面有個詞是這樣說的，書上說每個人類體內都有阿尼瑪（anima）與阿尼姆斯（animus）的成分，只是比例多寡的不同。阿尼瑪是男人潛意識中的女性性格，當男性對女性產生好感，多半是將內心的阿尼瑪投射在對方身上。

張國榮並不往外投射，他只吸取凝聚阿尼瑪或阿尼姆斯的成分，調配成獨一無二的自己。

電影《阿飛正傳》裡的無腳鳥，意識流獨白從鏡頭前流瀉傾出，王家衛為他千挑萬選了Maria Elena懷舊拉丁音樂。那段獨舞，不是為了魅惑女性而跳，更不是為了鏡頭前的攝影機，那一分鍾的獨舞，就是鳥兒的獨舞罷了，舞的是自由本身。

張國榮過世那天，十八歲的我穿著高中校服，躺在宿舍的下舖床位，枕頭旁是當時還列為違禁品的小型行動廣播機，從耳機裡傳出了他的死訊以及愚人節玩笑。電台為了因應愚人節氣氛，早已提前錄製好幾種版本的誇張玩笑，跟整點新聞快報一同放送出去。

「主持人結婚了。」

「電台老闆中樂透，把電台賣掉，明天沒節目了。」

「整點新聞，記者為您播報一則快訊！香港知名男歌手張國榮於香港市區中環廣場的文華東方酒店二十四樓縱身跳下，當場身亡。」

「為您點播一首〈拒絕再玩〉……」

夾雜於荒謬的腳本與舞曲間，無腳鳥就這樣飛走了。

遠遠地，我聽見對白台詞，以很輕很輕的男聲被述說：「我聽人家說，世界上有一種鳥是沒有腳的，它只可以一直飛呀飛，飛累了便在風中睡覺，這種鳥兒一輩子只可以下地一次，那一次就是它死的時候……」

後記

女子漢的情熱大陸

《女子漢》散文集完成的最後一週，我在日劇《逃避雖然可恥但有用》中度過了，劇裡的幾個角色彷彿帶我走向另一個清新瀟灑的樂園。

失業後以奇思異想提出主婦支薪工作、勇敢追愛的女主角，中年未婚持續在職場上拚搏的女上司，從未戀愛過的萬年草食男，因同志身份無法走入家庭的男性小主管，所有的角色都有自己人生裡的尷尬處境，而不得不逃避或迴避的心情時刻。台灣當下各種年齡層的朋友，或許也有近似於劇中角色人物的煩惱，而現實世界中的煩惱無法得到解答，該怎麼辦呢？

劇本裡，每當女主角糾結的內心小劇場上演時，總會播放一段「情熱大陸」的音樂。上網查詢原來真有其歌，由日本小提琴家葉加瀨太郎演奏，作為日本知名人物深度紀錄片節目的開場曲，登場的主題人物相當眾多，從農夫、演員、動畫師、海洋冒險家、棋士、建築師等，讓各種職業角色熱情敘事。

按照慣例，我一手拿著下班後熱騰騰的宵夜吃食，一手按著滑鼠，心想也許在同個時間也有其他友伴，陌生的、熟悉的，在他們各自的空間裡，一起進入「情熱大陸」的前奏音樂。在小小劇場裡，所有人物的缺點似乎都能被寬容以待、所有聲音都能傾情訴說、所有不同的戀愛也都能被包容接納。

葉加瀨太郎和樂團所演奏的〈情熱大陸〉樂曲成為近日晨起的第一首歌，在演奏會現場，他大聲的邀請所有日本民眾起立，跟著音樂一起搖擺，獅子丸髮型在台上大喊Come On，其他樂手拿出華麗小扇跳著啦啦隊舞步。

打擊鼓手是嬌小女孩、大提琴手卻是大男孩，男孩站到椅子上，將沉重的琴高高舉起，身體跟著音樂律動。台下害羞矜持的日本觀眾，那些少女或婦女也從原本夾緊雙腿的矜持解放出來，打開緊縮的上臂，讓身體在樂曲間扭動，因肌肉放鬆，臉上原先嚴肅的表情也逐漸有了笑容。

古典小提琴演奏會變成DISCO派對現場。

這是一首相當特別的樂曲，小提琴主旋律演繹熱情大陸，有深度焦點感，伴奏曲調卻是海島風情，曼波鼓節拍好輕鬆自在。

衝突又不違和，嚴肅卻又輕鬆，真的好奇怪。這種衝突氣氛微妙的反轉了傳統約定成俗概念，正是我一直嚮往且欲挑戰的自由寫作，如果女性散文創作可以有另一種新的樣貌，會是什麼模樣？

歡迎光臨，顛顛倒倒的女子漢世界，現在要邀請你一起來故事裡遊戲。

相信遊戲中必有屬於你的「情熱大陸」，那裡也必定有瀟灑清涼的微風吹過。

讓我們一起翻轉世界吧！

九歌文庫 1247

女子漢

作者　楊隸亞

責任編輯　羅珊珊

創辦人　蔡文甫

發行人　蔡澤玉

出版發行　九歌出版社有限公司

臺北市105八德路3段12巷57弄40號

電話／02-25776564・傳真／02-25789205

郵政劃撥／0112295-1

九歌文學網　www.chiuko.com.tw

印刷　晨捷印製股份有限公司

法律顧問　龍躍天律師・蕭雄淋律師・董安丹律師

初版　2017年2月

初版3印　2022年10月

定價　280元

書號　F1247

ISBN　978-986-450-110-6（平裝）

（缺頁、破損或裝訂錯誤，請寄回本公司更換）

本書榮獲 國家文化藝術基金會 National Culture and Arts Foundation NCAF 文學類創作補助

國家圖書館出版品預行編目資料

女子漢 / 楊隸亞著. -- 初版. -- 臺北市：九
歌, 2017.02
面；　公分. -- (九歌文庫 ; 1247)
ISBN 978-986-450-110-6(平裝)

855　　　　　　　　105025408